Red River Attraction

Red River 3

Lana Stone

Sinopsis

ÉL ES ENCANTADOR Y dominante, aparentemente un chico alegre, pero perseguido por un oscuro secreto. Ella es joven, imprudente y ansiosa por superar sus límites.

Caleb: Soy un campeón y mi reputación lo es todo para mí. Hasta que aparece Faye y lo pone todo patas arriba. Aunque soy distante, ella logra tocar mi corazón. Faye no tiene idea en lo que se ha metido. ¡Pero lo descubrirá, a más tardar cuando le muestre mi lado oscuro!

Faye: Hace dos meses, yo era una estrella emergente en el cielo del country. Ahora estoy huyendo de mis sentimientos. Hasta que me encuentro con el hosco vaquero que me hace perder la cabeza desde el primer momento. Caleb despierta en mí sentimientos que no debería tener. Al mismo tiempo, su manera autoritaria es tan fascinante que no puedo resistirme.

Cuando Faye Fanning queda varada en Merryville durante su viaje, aún no sospecha que su estancia durará mucho más de lo planeado. Porque resulta que el cínico campeón de torneos Caleb Key, que ha llegado para el próximo Derby de Verano de Merryville, la acoge en su casa. Faye lo encuentra distante y demasiado cínico, sin embargo, su estómago hormiguea cada vez que él la mira con esos ojos sombríos. Caleb la encuentra demasiado optimista y demasiado inocente, sin embargo, apenas puede controlarse. Desde el primer segundo, saltan chispas, y cuando Caleb inesperadamente tiene que entrenar a Faye para el Derby, la situación explota.

Aviso legal

Copyright © 2024 por Lana Stone
3833 POWERLINE ROAD
Suite101
FORT LAUDERDALE, FL 33309 US
Para convertirte en lector de prueba, participar en sorteos y recibir información sobre nuevos lanzamientos, suscríbete ahora a mi boletín gratuito, Los favoritos de Lana: https://lana-stone.com/

Dedicatoria

Como siempre, dedico este libro al amor de mi vida.

Capítulo 1 – Faye

—¡Vamos, Molly, no me falles ahora, por favor! —supliqué. Pero mi valiente Chrysler seguía dando sacudidas cada vez más fuertes. Cogí el arrugado mapa del asiento del copiloto e intenté averiguar si aún quedaba mucho camino.

¿A quién quería engañar? Me había perdido por completo buscando la siguiente gasolinera. Arrojé el mapa de vuelta al asiento del copiloto y lo fulminé con una mirada decepcionada. Luego volví a concentrarme en la carretera. La última señal había pasado hace kilómetros, aquí solo había campos de cereales y pastos donde vacas y ovejas pastaban plácidamente.

Molly gemía cada vez más fuerte, hasta que finalmente dio un último aullido desgarrador y se calló.

—¡Maldita sea! —Golpeé el volante con la palma de la mano y dirigí mi coche a regañadientes hacia la cuneta para evitar que algún conductor imprudente me embistiera por detrás.

No tenía ni idea de dónde estaba exactamente, pero el área era la definición del idilio rural. El mapa que había comprado hace dos días en la frontera con Nevada se ganó más miradas de desprecio. Era menos culpa del mapa que de mi pésimo sentido de la orientación que me hubiera perdido, pero de alguna manera tenía que desahogar mi frustración.

Para matar el tiempo hasta que pudiera pedirle ayuda a algún transeúnte, encendí la radio. Un solo tono bastó para querer apagarla inmediatamente. A veces un tanque vacío simplemente no es suficiente para satisfacer la vena sádica del destino; también tiene que echar sal en la herida.

Ni siquiera podía pedir ayuda con mi smartphone, había agotado el último saldo de la tarjeta de prepago hace unos días para decirles a mis padres que seguía viva.

A regañadientes, salí de mi pequeño coche, porque sin aire acondicionado el aire en el interior se calentaba rápidamente. No había remedio, podrían pasar horas, quizás incluso días, antes de que alguien pasara por allí. Resignada, tuve que admitir que no tenía otra opción que seguir la carretera a pie, con la esperanza de encontrar eventualmente una granja o un pueblo.

—Volveré —le prometí a Molly. Saqué mi smartphone y la botella de agua del espacio para los pies frente al asiento del copiloto, cerré con llave y le di unas palmaditas al capó gris de mi coche a modo de despedida. Luego seguí la serpenteante carretera con el abrasador sol de la tarde a mis espaldas.

Cuando mi smartphone vibró, eché la cabeza hacia atrás con alivio. Si mis padres al otro lado de la línea supieran de mi pequeño problema, podrían enviarme ayuda. Pero cuando leí el nombre en la pantalla, me quedé helada. Tony. La antepenúltima persona con la que quería hablar en ese momento, sin embargo, contesté la llamada.

—¿Qué pasa? —pregunté con voz neutral.

—¿Que qué pasa? ¿Estás de broma, Faye? ¿Ignoras mis llamadas durante días y me preguntas qué pasa?

—Sí, lo sé, lo siento, pero necesito este descanso. —Era una disculpa a medias, porque a Tony realmente no le importaba yo, sino solo el dinero que ganaba conmigo. Había aprendido de manera dolorosa que no hay amigos en el mundo del espectáculo.

—¿Cuánto tiempo más vas a seguir con este estúpido viaje de autodescubrimiento? ¿No deberías haber superado ya... —Interrumpí a Tony antes de que pudiera pronunciar el nombre del peor traidor del mundo.

—*No es* un viaje de autodescubrimiento, es un descanso. Todo el mundo necesita vacaciones de vez en cuando —expliqué objetivamente. Por supuesto, sabía que había desbaratado completamente los planes de Tony, pero simplemente no había sido capaz de seguir fingiendo que no tenía el corazón roto. Simplemente ya no tenía la fuerza para fingir que todo estaba bien mientras estaba parada sobre un montón de escombros.

—Tu descanso lleva ya dos meses. Dos meses en los que tus álbumes han caído en las listas de Billboard porque no hay nada nuevo. Dos meses en los que tres nuevos artistas han conquistado las listas, con el potencial de ser la próxima *Bonnie Buckley*. ¿Realmente tengo que enumerar qué más hay?

Respiré profundamente.

—No, no tienes que hacerlo, Tony. Soy consciente de la gravedad de la situación.

Pero también sabía que no era buena publicidad si de repente me echaba a llorar en el escenario o durante una entrevista.

—Por cierto, tu recepción es bastante mala. ¿Dónde estás? ¿Wyoming? ¿Utah? —continuó preguntando Tony. Me mordí los labios porque no quería provocar una discusión.

—¿Arizona? —siguió preguntando Tony con incredulidad. Cielos, se caería de espaldas si supiera que estaba en el Estado de la Estrella Solitaria.

—No importa en absoluto dónde esté. Cuando esté lista, me subiré al próximo avión y estaré de vuelta en el estudio en un santiamén. —Mi intento de apaciguamiento fracasó, porque pude oír a Tony sirviéndose un whisky, como siempre hacía cuando estaba preocupado.

—Escucha, Faye, tus fans están preocupados por ti.

—No, no lo están, les envío señales de vida regularmente. —Esa era la única cosa con la que no había roto cuando huí de Montana. Como siempre, mis fans recibían una publicación mía cada semana. A diferencia de la industria musical, ellos entendían que necesitaba bajar el ritmo un poco.

Tony gruñó pensativamente antes de volver a dirigirse a mí.

—Bien, en realidad quería decírtelo con tacto, pero parece que lo estás pidiendo. Los patrocinadores me están presionando, y ya sabes cómo son los patrocinadores.

Entrecerré los ojos pensativamente, porque sospechaba lo que mi manager quería comunicarme.

—No, no sé cómo son los patrocinadores. ¿Cómo son?

—Implacables. Y han fichado a otra chica que estaría encantada de ocupar tu lugar como la próxima *Bonnie Buckley*.

Cuando la silueta de un pequeño pueblo apareció después de una larga curva, solté un suspiro de alivio. —¡Qué suerte!

—¿Qué? —graznó Tony horrorizado.

—No me refería a eso —intenté explicar, pero mi balbuceo se volvía cada vez más incomprensible. Solo entonces las palabras de Tony me calaron de verdad—. ¿Quieres reemplazarme?

—Por supuesto que no, pero si no me dejas otra opción, tendré que mirar hacia adelante. Sabes cómo funciona el negocio.

—Sí —respondí con amargura—. Cuando uno deja de funcionar por dos meses, todos olvidan que antes trabajó sin parar durante cinco años.

—¿Por qué esperaba que me malinterpretaras? —preguntó Tony mordazmente—. En fin. Te doy hasta fin de mes, o nuestro contrato quedará anulado.

Vaya. Tony era un hombre de negocios implacable, pero que me soltara la verdad así, sin previo aviso, dolía.

—Como sea, piénsalo y hazme saber si los últimos cinco años contigo fueron una pérdida de tiempo.

Sin esperar mi respuesta, Tony colgó.

Como en trance, seguí caminando hacia el pueblo que, según la señal de tráfico, se llamaba Merryville. Mi representante realmente me había dado un ultimátum y yo no tenía idea de cómo manejarlo. Aún no estaba ni cerca de estar lista para volver a Montana. No después de todo lo que había pasado.

Buscando un taller mecánico, me quedé embobada frente a un restaurante porque el aroma de tarta de manzana recién horneada se colaba por la puerta abierta.

Mi día había sido realmente malo, así que tenía todo el derecho a darme el gusto de comer un trozo de tarta. Entré en el restaurante, que bullía de actividad. Los reservados junto a las ventanas estaban todos ocupados, así que busqué un lugar en uno de los taburetes rojos chillones al final de la barra, justo al lado de las rockolas.

La camarera agarró la cafetera y colocó una taza justo frente a mí.

—¿Qué te parece una taza de café? Es el mejor que encontrarás entre Hilltop y Sunnyide. —Me sonrió con descaro, aparentemente muy convencida de su café.

—Con mucho gusto —respondí devolviéndole la sonrisa—. Y un trozo de tarta de manzana, por favor.

—Enseguida.

En un abrir y cerrar de ojos, Sue, ese era el nombre en su placa, regresó y colocó un gran trozo de tarta frente a mí.

—Nadie puede pasar por mi famoso Apple Crumble Pie sin probarlo —dijo Sue guiñándome un ojo.

Inhalé una vez más el dulce aroma antes de probar un bocado.

—¡Sabe tan delicioso como huele!

—Gracias, cariño. Avísame si necesitas algo más.

Justo cuando la camarera estaba a punto de dedicarse a otras tareas, la canción en la radio cambió y escuché mi propia voz. La mirada de Sue iba y venía entre la radio en la pared y yo. Pensativa, jugueteaba con el dobladillo de su delantal rojo, que llevaba atado sobre su vestido amarillo. Con cada compás de la música, me hundía un poco más. Lástima que nunca se abrían agujeros en la tierra cuando los necesitabas.

—Sí, es cierto —susurré—. Pero solo estoy de paso.

—Entiendo. —Sue se inclinó con curiosidad sobre la barra—. Para mi cantante favorita, la tarta va por cuenta de la casa.

Le estaba infinitamente agradecida por mantener la discreción. La última vez que había experimentado tanta discreción fue en una gasolinera en Colorado. A las tres de la mañana. Mientras el cajero veía una repetición de *Jeopardy!*

—Gracias, pero de verdad no es necesario —respondí. Nunca había usado mi nombre para sacar provecho de las cosas. Solo quería hacer música que le gustara a la gente.

—¡Sin discusiones! —Sue levantó el dedo índice de manera amenazante, y cuando se dio cuenta de que me estaba amenazando con su dedo, carraspeó—. Disculpa, no es común que conozca a estrellas.

—No pasa nada. —Me reí porque ya había vivido muchas cosas, pero la reacción de Sue era única—. Algún día te lo devolveré, lo prometo.

Hice una pausa porque no sabía cómo preguntar sin parecer una completa idiota.

—Oye, ¿de casualidad hay un mecánico por aquí?

—Claro, el taller de Franky está a solo unas calles de aquí. —Sue sacó una libreta y un bolígrafo del bolsillo de su delantal y anotó la dirección, que acepté agradecida. Después de mirar el reloj, pareció un poco contrariada—. Puede que todavía esté en su hora de almuerzo por un buen rato. Es un buen mecánico, pero tiene sus peculiaridades.

—No pasa nada. —Mis pies aún no estaban listos para otra caminata, aunque fueran solo unas calles.

Mientras devoraba la tarta de manzana, Sue tenía las manos llenas. El restaurante estaba concurrido y constantemente entraban nuevos clientes. No era de extrañar si todo sabía tan bien como la tarta de manzana.

Hice todo lo posible por pasar desapercibida, no quería causar revuelo por estar en la ciudad. En pueblos pequeños como Merryville, cualquier cara extraña automáticamente resultaba *sospechosa*, así que agarré un menú y me escondí detrás de él.

No sé cuánto tiempo pasé estudiando el menú hasta el más mínimo detalle cuando una voz profunda y distintiva me sacó de mis pensamientos.

—Algún idiota ha hundido su coche frente a nuestro campo de cereales. Dudo que alguien venga a recoger ese montón de chatarra.

Identifiqué la voz como perteneciente a un tipo que estaba apoyado en el otro extremo de la barra, dándome la espalda. Estaba junto al sheriff, que tomaba notas.

Por mí, el tipo podía insultar mis habilidades de conducción, ¡pero no a Molly! Sí, tenía algunas manchas de óxido, pero también tenía buen corazón y hasta ahora me había llevado a todas partes con seguridad.

Modo incógnito o no, tenía que defender el honor de mi Chrysler. Así que me deslicé del taburete y me dirigí hacia el fanfarrón vaquero y el sheriff.

—No es necesario, sheriff —me abrí paso entre la gente hasta llegar al sheriff—. Yo soy la idiota que hundió su coche en la cuneta. Estaba buscando un mecánico.

Una joven mujer, a quien no había notado antes, le dio un fuerte golpe en el brazo al vaquero, justo después de haberme examinado. Conocía esa mirada.

—¡Caleb! ¡No puedo creer que acabes de llamar idiota a Faye Fanning!

De inmediato, algunos de los clientes se giraron, y una vez más deseé que la tierra me tragara, pero estaba demasiado furiosa como para esconder mi rostro detrás de mis rizos castaños, como lo habría hecho normalmente.

—¿Quién demonios es Faye Fanning? —preguntó el vaquero, mientras el sheriff se quitaba el sombrero, lo sostenía contra su pecho y me hacía un gesto con la cabeza.

La mujer rubia se frotó las sienes, incrédula. —Oh. Dios. Mío. No puedo creer que me estés avergonzando así.

—Yo soy Faye Fanning —respondí. Mentalmente, había preparado una docena de insultos apropiados para el sheriff, pero cuando el vaquero se dio la vuelta, me quedé sin palabras.

Unos ojos marrón oscuro me examinaron de arriba a abajo, enmarcados en un rostro perfectamente definido. Su camisa a cuadros se tensaba sobre sus hombros, y pude intuir lo entrenado que debía estar su cuerpo. Pero lo que me desconcertó por completo fue la mirada que me lanzó. Definitivamente una mirada que solo ocurre cada mil años. Una mirada milenaria.

O bien había sufrido una insolación por mi caminata bajo el sol, o este vaquero increíblemente atractivo estaba despertando en mí sentimientos que nunca antes había experimentado.

Capítulo 2 – Caleb

Me paseaba inquieto frente al Sue's Diner mientras esperaba a mi hermana pequeña. Durante mi ausencia, Merryville no había cambiado ni un ápice, pero el pueblo nunca lo hacía. Aunque me había criado aquí, se sentía extraño estar de vuelta.

Aquí me había graduado, había entrenado a mi primer caballo, había ganado mi primer trofeo. Pero también habían ocurrido cosas que prefería no recordar.

—¡Eh, hermanito! —la voz de Ellis me sacó de mis pensamientos. Aún en movimiento, medio saltó sobre mí para abrazarme efusivamente. No me resistí, mis hermanas siempre habían sido impetuosas, era cosa de sus genes.

—¿Qué hay de nuevo, bola de energía?

—Dotty tiene un nuevo coche de correos —respondió sin inmutarse.

Ellis me había pillado por sorpresa, porque no solo el pueblo era persistente en su constancia, Dotty y su coche de correos también lo eran. Ya conducía ese viejo y fiel cacharro oxidado cuando yo era niño. Ellis me sonrió y me dio una palmada en el hombro.

—Era una broma.

—¿Me ves reírme?

—Nop, pero eso es culpa tuya, no de mis chistes —replicó haciendo una mueca.

—Yo no estoy de acuerdo —Miré alrededor. No es que estuviera ansioso por un comité de bienvenida, pero era inusual que nadie más de Red Rivers hubiera venido aparte de ella—. ¿Dónde están los demás?

Ellis tomó aire profundamente.

—June tiene las manos llenas con el rancho de vacaciones, y John está *reparando* cercas como coartada en algún lugar lejos de la casa principal para echarse una siesta. A Callie le están saliendo los dientes, lo que está volviendo loco a todo el mundo. A todos menos a la abuela, que está curtida gracias a nosotros. Y Clay está preparando a sus pupilos para la próxima competición.

—¿Y qué pasa con el resto?

—Ya sabes, los Keys somos más difíciles de controlar que un saco de pulgas —respondió Ellis encogiéndose de hombros.

Tenía razón. Además, Red Rivers era enorme, y las casas principales estaban muy dispersas. No era raro que pasaran días sin cruzarse.

—Bueno, ¿qué? ¿Me invitas a un trozo de tarta de manzana? —Ellis miró con anhelo hacia el Diner.

—¿Tengo que invitarte yo? ¿Qué clase de comité de bienvenida eres?

Me metí las manos en los bolsillos del pantalón.

—Uno bastante malo, pero todo lo que vas a conseguir.

La respuesta de Ellis me hizo sonreír. Había echado de menos su ingenio.

—No puedo dejarte morir de hambre —dije guiñando un ojo y le indiqué que fuera delante.

Justo cuando Ellis aplaudía triunfante, nos encontramos con el sheriff Cooper. Contrariamente a su costumbre de tomar siempre el café en lo de Sue, el sheriff había cambiado bastante desde mi última visita. Su pelo entrecano ahora solo tenía las puntas negras, y su bigote seguramente se había duplicado en longitud.

—Sheriff —dije tocando la punta de mi sombrero.

—Cielos, Caleb Key, ¿es posible? —Miró a Ellis antes de tocar también el ala de su sombrero—. Nos has traído una visita importante, ¿eh?

—¿Qué, dónde? —preguntó Ellis, girando sobre sí misma con una sonrisa—. Yo solo veo a mi hermano.

—Eres muy graciosa, Ellis —respondí con seriedad—. Acción de Gracias, hace tres años. ¿Te acuerdas?

Su cara se puso blanca como el papel.

—Vale, vale. ¡Ya me callo!

La había puesto en jaque en tres segundos, pero a diferencia de ella, yo saboreaba mi triunfo de manera más sutil.

—¿Cómo va el barrel racing? —preguntó el sheriff con curiosidad.

—No me puedo quejar, primer puesto en Dallas y la semana pasada doble victoria en Austin —respondí con orgullo. Había arrasado en los últimos torneos. Era solo cuestión de tiempo hasta que me incluyeran en el Salón de la Fama como el vaquero más joven de la historia—. ¿Y qué hay de nuevo por aquí, sheriff?

El sheriff Cooper se frotó pensativamente la placa de su pecho.

—¿Austin? Interesante, acabo de recibir una llamada sobre unos cuatreros que andan por ahí, moviéndose cada vez más hacia el sur. La semana pasada le tocó a Austin, hace tres días a Orange Grove.

—¿Esto se está convirtiendo en un interrogatorio, sheriff?

Ellis estalló en carcajadas. —¡Así que sí tienes sentido del humor! Caleb, el cuatrero. Qué gracioso.

El sheriff también sonrió. —Por supuesto que no es un interrogatorio. Pero recurriré a ti si los ladrones se atreven a atacar por aquí.

—Para entonces, ya me habré ido cabalgando hacia el atardecer con mis decenas de miles de reses robadas —respondí secamente, lo que hizo reír aún más fuerte a Ellis.

Entramos en el Diner y me llegó el aroma de tocino frito y carne Angus. Maldita sea, cómo echaba de menos las hamburguesas de Sue. Todo el mundo siempre hablaba de sus pasteles caseros, pero casi nadie apreciaba las mejores hamburguesas del mundo que servían aquí. Probablemente porque nadie había entrado en un Diner al norte de Houston.

Me apoyé en el mostrador e hice nuestro pedido a Sue. El sheriff solo asintió, porque llevaba casi treinta años pidiendo lo mismo.

Mientras miraba hacia la calle, recordé que de camino a Merryville había visto un coche frente a nuestros campos del que el sheriff podría ocuparse. Un Chrysler bastante viejo que ya debería estar fuera de circulación. Probablemente alguien había querido deshacerse del coche de esa manera.

—Algún idiota ha hundido su coche frente a nuestro campo de cereal. Dudo que alguien vaya a recoger ese cacharro oxidado —dije.

El sheriff sacó su libreta del bolsillo del pecho y tomó notas.

—No es necesario, sheriff —resonó una suave voz detrás de mí. Continuó hablando, pero lo único en lo que podía concentrarme era en el rostro de Ellis, que se tornó aún más pálido que después de mi jugada de la carta de Acción de Gracias.

Mi hermana pequeña soltó una serie de insultos antes de explicarme qué estaba pasando exactamente.

—¡Has llamado idiota a Faye Fanning!

—¿Quién diablos es Faye Fanning? —pregunté frunciendo el ceño. El nombre me sonaba, pero podía estar equivocado.

Cuando el sheriff se quitó cortésmente el sombrero, finalmente logré darme la vuelta para descubrir por qué esa voz cristalina estaba causando tanto revuelo.

Maldita sea. ¿Acaso nadie podría haberme advertido antes que Faye Fanning era la criatura más encantadora que jamás había visto?

Me miraba fijamente con sus enormes ojos azul claro, mientras unos rizos salvajes cubrían parcialmente sus mejillas sonrosadas. Sus dulces labios estaban ligeramente entreabiertos, y no deseaba nada más que besar esos labios carnosos.

Llevaba una camiseta blanca corta y unos pantalones cortos, por lo que no pude evitar mirar embobado su piel impecable hasta llegar a sus botas marrones. Con las puntas de sus dedos, jugueteaba con un trozo de papel que sostenía en las manos.

Cuando volví a mirarla a los ojos, tuve la incómoda sensación de que ella podía ver exactamente lo que estaba pensando. No sé cómo, pero esta chica había derribado mis impenetrables muros en un segundo. Eso era inaceptable, tenía que levantarlos de nuevo lo más rápido posible, o ambos tendríamos un gran problema.

—Lo siento si mi coche molesta allí —susurró.

Dios, la inocencia en su voz. Todavía no podía pensar con claridad cuando Ellis se abrió paso a mi lado.

—¡No! El coche no molesta en absoluto. Mi hermano mayor es solo un poco bruto. —Ellis se inclinó hacia adelante—. Eres realmente Faye Fanning, ¿verdad?

Faye asintió. —Sí. Pero solo estoy de paso. Tan pronto como Molly esté lista, tengo que seguir.

Bien. Muy bien. Cuanto más rápido desapareciera la chica de los ojos azul cielo, mejor.

—Debería ir al taller ahora. —Faye levantó el papel.

Sí, deberías. ¡Alejadla de mí antes de que no pueda contenerme más!

—No. Franky seguramente todavía tiene una hora de descanso para almorzar —dijo Ellis.

—Oh. —Los labios de Faye permanecieron ligeramente abiertos, lo que me estaba volviendo loco.

—Podríamos remolcar el coche ahora, así la reparación será más rápida —sugirió Ellis.

Pensé que había oído mal, pero cuando Ellis me miró fijamente, supe que hablaba en serio. Esperaba que yo participara en su juego de groupie, pero ni hablar. Yo no era un maldito groupie.

—Acabo de hacer un viaje de seiscientas millas, paso —gruñí. Mi hermana pequeña hizo una mueca, así que me dirigí al sheriff—. ¿Qué hay de eso de *servir y proteger*? Seguro que el sheriff Cooper tiene tiempo para ayudar.

El sheriff se llevó el sombrero al pecho y negó con la cabeza.

—Lamentablemente, solo estoy aquí por un café, después tengo que liberar a los hermanos Anderson de la celda de detención.

—Pueden desintoxicarse una hora más —respondí.

—¡Caleb! —Ellis puso sus manos en las caderas y me miró con reproche—. Cuando tienes la oportunidad de ayudar a tu ídolo, maldita sea, ayudas a tu ídolo, ¿entendido?

—No te cortes, hermanita, ayuda a tu ídolo.

Intenté ignorar la mirada de cachorro de mi hermana pequeña, pero simplemente no tenía el corazón para verla tan triste.

—Está bien —gruñí. Luego me apoyé en el mostrador y me dirigí a Sue—. Mi hamburguesa para llevar, por favor.

Ellis no tenía idea de lo que había provocado. Los ojos de diamante de Faye me examinaron, y me hubiera encantado saber qué estaba pensando. Probablemente para Faye yo era solo un vaquero gruñón cualquiera, mientras que ella, a juzgar por el comportamiento de Ellis, era una estrella mundial. Si Faye supiera qué tipo de fantasías tenía, en las que ella era la protagonista, definitivamente no me miraría de esa manera tan seductora e inocente como lo estaba haciendo ahora.

Sin decir una palabra más, me aparté del mostrador, agarré mi caja de hamburguesa y marché hacia afuera.

No puedo creer que realmente esté haciendo esto.

Capítulo 3 – Caleb

—Bastante apretado aquí —murmuró Faye avergonzada.

—Bastante apretado —confirmé malhumorado.

Solo Elli parecía estar de muy buen humor por habernos apretujado los tres en mi camioneta, que tenía un asiento corrido. Con cada segundo que tocaba la suave piel de Faye, crecía mi deseo por ella. Olía a dulce lila y me preguntaba si sabría igual de dulce.

El sol de la tarde calentó el vehículo en cuestión de segundos, y yo contaba los segundos hasta que todo terminara. Solo teníamos que recorrer unas pocas millas, pero el trayecto se extendía como cuero de zapato viscoso, y para colmo, una cosechadora de Green Hill Farm nos frenaba aún más.

—¿Cómo acabaste varada aquí? —preguntó Elli.

—Me perdí por completo —respondió Faye suspirando—. Pero hay lugares peores donde tener una avería.

Elli asintió con entusiasmo, y una amplia sonrisa se extendió por su rostro. Nadie amaba tanto nuestro hogar como mi hermana.

—Aquí tenemos el mejor pastel de manzana del mundo, el paisaje más hermoso del planeta, ¡y la calabaza más grande jamás medida!

—¿Así que vivís aquí? —preguntó Faye mirándonos a ambos.

—Yo sí. Pero Caleb solo está de visita. ¿Verdad?

Asentí, pero no dije nada, fingiendo que tenía que concentrarme en conducir. Elli me lanzó miradas de reproche, lo que me hizo gruñir en voz baja.

—Estoy aquí por el torneo, para apoyar a mi hermana pequeña.

Elli asintió. —Sí. Aunque no es mi evento, me permiten hacer publicidad de mi *Wild Horse Competition* durante el mismo.

En el rostro de Faye se dibujaron miles de signos de interrogación.

—Elli salva a caballos salvajes de ser sacrificados domesticándolos —expliqué—. Muchos de sus caballos participan en la competición, y parte del dinero de los premios va a la *Competition*.

—Vaya —se le escapó a Faye, que miraba a Elli con ojos enormes—. ¿Domesticas caballos salvajes?

—Bueno, hago lo que puedo. —Elli se pasó la mano por el brazo, avergonzada.

—Deja de menospreciar tu talento. Eres la mejor de todo Texas, y se habla de ti hasta en Dakota del Norte —dije con la misma seriedad con la que lo pensaba.

Rara vez mi hermana pequeña se quedaba sin palabras, pero ocurría. Ahora, por ejemplo.

—Yo solo estoy aquí para agitar un poco el Barrel Racing —continué, porque simplemente no podía soportar el silencio.

—Eso es donde los jinetes montan alrededor de barriles, ¿verdad? —preguntó Faye pensativa, lo que provocó un ataque de risa moderado en Elli.

—Eres muy graciosa, Faye.

—Eh, sí. Se suponía que era gracioso —respondió Faye, forzando una sonrisa que no me acabé de creer. Faye jugueteaba nerviosamente con el dobladillo de sus desgastados shorts, y tuve que reprimir el reflejo de poner mi mano sobre sus dedos, porque me estaba poniendo nervioso a mí también.

—Es una lástima que Caleb se vaya de gira justo después de la competición —dijo Elli suspirando.

No pude evitar notar las miradas pensativas de Faye que descansaban sobre mí. Tenía algo en la punta de la lengua, y cuando la miré inquisitivamente, prácticamente la obligué a soltarlo.

—Viajas bastante, ¿eh?

—Así es —respondí brevemente. En este momento estaba en lo más alto de la lista en el Barrel Racing, y quería que siguiera así. Aparte de eso, viajar me venía bien porque nunca aguantaba mucho tiempo en un solo lugar. Era un alma inquieta que solo encontraba algo de paz en la embriaguez de la velocidad.

—¿Y qué hay de ti? —le devolví la pregunta a Faye. Observé su nerviosa reacción con ojos de águila, porque ya me había dado cuenta de que Faye apenas revelaba nada sobre sí misma. Definitivamente no era el único aquí que tenía secretos.

¿Qué tienes que ocultar, belleza?

—Sí, ahora doy conciertos en casi todos los estados, aunque suelo moverme más por el noreste —respondió Faye.

—En realidad me refería a tu viaje por carretera.

—Oh. —Faye se encogió de hombros—. Simplemente estoy recorriendo la zona.

Mi conocimiento de la naturaleza humana era de todo menos bueno, pero detecté la mentira de Faye al instante.

—Siempre he soñado con hacer un viaje por carretera —respondió Elli, que se dejó engañar por la historia de cuento de hadas.

—No aguantarías ni dos días sin los pasteles de Sue o tus caballos —dije secamente.

—¡Eso no es cierto! —protestó Elli.

—¡Darías la vuelta antes de llegar a Crystal Falls porque te entraría hambre! —repliqué.

—¡No me provoques, Caleb Key!

Durante nuestra discusión, Faye se hundió cada vez más en su asiento, y sus mejillas se tiñeron de rosa. Y cuando finalmente llegamos a su coche, casi saltó del vehículo.

Todavía estaba luchando conmigo mismo sobre si debía ahuyentarla lo antes posible, porque quería hacer exactamente lo contrario, por la razón que fuera. Esta chica despertaba en mí sentimientos que apenas podía contener.

Examiné el coche con mirada crítica mientras Elli buscaba una cuerda en la parte trasera abierta de mi camioneta.

—¿Segura de que deberíamos sacarlo? —pregunté. El Chrysler no me daba una impresión particularmente estable.

—Molly ha pasado por cosas peores —respondió Faye, dando palmaditas al capó del coche como si fuera un caballo.

—¿Y cuál es tu próximo destino? —Una mirada de reojo al sol fue suficiente para saber que el día pronto terminaría.

—Más hacia el sur —respondió ella con aplomo, pero yo la veía a través de ella. Una sola mirada de reproche bastó para que se estremeciera, como si la hubiera pillado haciendo algo prohibido, como mentir, por ejemplo. Otra mirada severa, y le arranqué un suave suspiro.

—Aún no lo sé con exactitud, pero cuando alcance mi destino, lo sabré.

—Eso solo lo dicen las personas que están huyendo —murmuré tan bajo que solo Faye pudo oír mis palabras. Me examinó de arriba abajo.

—¿Acaso hablas por experiencia? —preguntó, ladeando la cabeza.

Touché, pequeña.

Me apoyé en el coche, acercándome tanto a Faye que mis labios casi rozaban su oreja.

—¿De qué estás huyendo, eh?

Su respiración se aceleró, y podía oír cómo latía rápidamente su pequeño corazón. Debería parar ahora, pero simplemente no podía. Un minuto más, quizás dos, y tendría a mi pequeña e inocente ovejita acorralada justo donde quería.

—¡Lo encontré! —exclamó Elli eufórica, saltando desde la capota abierta.

Maldición. Faye dio un pequeño brinco, poniendo distancia entre nosotros.

Elli me puso impacientemente el gancho y la cuerda de remolque en la mano, pero tuve que expresar mis dudas una vez más.

—No creo que sea buena idea.

—Vamos, Caleb —resopló Elli, poniendo los ojos en blanco.

—Está bien, como quieras —gruñí. No porque estuviera de acuerdo, sino para evitar más discusiones. En el mejor de los casos, el cacharro se mantendría unido, y en el peor... *esperemos simplemente que funcione.* La furgoneta de correos de Dotty también seguía funcionando en los últimos años, desafiando todas las leyes de la física.

Antes de sujetar el gancho al anillo de remolque, lo sacudí para probarlo. Hasta ahora, todo bien. Ahora solo teníamos que esperar que el resto del Chrysler fuera igual de estable.

Até el otro extremo a mi camioneta y luego me subí al vehículo.

Mis manos se aferraron al volante cuando me di cuenta de lo cerca que había estado Faye de escapar. Si el destino era benévolo con ella, su coche realmente resistiría el tirón, y si no, nos arrastraría a ambos al abismo. Era solo cuestión de tiempo antes de que perdiera el control, y cuando eso sucediera, tendríamos un problema jodidamente grande.

Aceleré y el motor rugió tan fuerte que casi ahogó por completo el sospechoso crujido y gemido. El coche salió poco a poco de la zanja hasta que se oyó un fuerte golpe que sacudió hasta los huesos. El parachoques trasero, que debía haberse atascado en algún bache, se desplomó de vuelta en la zanja.

—¡Mierda! ¡Esto no puede ser verdad! —maldije antes de bajar para evaluar los daños.

Faye miraba conmocionada su coche, mientras mi hermana pequeña estaba boquiabierta.

—Oh. Dios. Mío. Mi hermano ha destrozado el coche de Faye Fanning.

—En realidad no quería decirlo, pero lo haré de todas formas. ¡Os lo dije! ¡A las dos! —Primero apunté con mi dedo índice a Elli, luego a Faye—. Pero no quisisteis escuchar.

—¿Y ahora qué? —preguntó Faye monótonamente. Todavía no se había recuperado del shock.

—Buena pregunta —gruñí—. No hay posibilidad de que Franky lo arregle hoy. Hay un motel a la entrada del pueblo.

—¿Estás loco? ¡Ni hablar! Nos la llevamos a Red Rivers. Suponiendo que Faye no nos odie profundamente ahora.

Elli miró en dirección a Faye con su típica mirada de cachorro, y me pregunté cuán famosa era realmente la chica para que mi hermana se comportara *así*.

Faye, que lentamente salía de su estado de shock, negó con la cabeza.

—Está bien, no estoy enfadada. Simplemente hoy no es mi día, no es culpa vuestra.

La tristeza en sus ojos era innegable, y quise hacer algo que nunca había hecho en mi vida: quise abrazar a Faye. Quise acariciar su melena rizada y susurrarle al oído que todo estaría bien.

Elli se pasó la mano por el pelo, pensativa. —Bueno, según June, su rancho de vacaciones está completamente lleno. Podríamos preguntar si alguien ha cancelado. —Se volvió hacia Faye con una sonrisa radiante—. Te encantará el rancho, todas las casas de vacaciones están decoradas por la propia June, ¡y las vistas al lago son simplemente increíbles!

Me aclaré la garganta. —¿Cuándo fue la última vez que alguien no vino al rancho?

Aunque no venía aquí a menudo, sabía que el rancho de vacaciones de mi hermano y su esposa estaba en auge. La lista de espera era tan larga que había que reservar con dos años de antelación.

Faye se sentó en el capó de su coche.

—No os molestéis, puedo dormir en el coche, lo hago todo el tiempo.

Mi hermana pequeña jadeó indignada. —¿Qué? ¿En el coche? ¡De ninguna manera! Eres Faye Fanning, te mereces algo mejor que un duro asiento trasero.

Admito que la idea de que Faye durmiera sola en el coche no me agradaba. Era una criatura tan delicada, sabe Dios qué podría pasarle si dormía en los lugares equivocados. No, de ninguna manera podía permitir eso. Ahí fuera hay tipos mucho peores que yo, así que quise volver a centrar la atención en el motel.

—No deberías dormir en el coche, es demasiado peligroso, Faye.

Cuando pronuncié su nombre, sus pupilas se dilataron, casi devorando sus iris de diamante.

—¡Eh, Caleb! ¡Podría dormir en tu casa! —sugirió Elli.

—¿Qué? *Creo que he oído mal.*

—Vives solo en esa casa enorme, puedes dejar de ser un ermitaño por una noche —dijo Elli despreocupadamente.

—Pero me gusta ser un ermitaño —repliqué.

—Vamos, tu casa es enorme, además solo es por una noche. ¿Qué podría salir mal? —Mi hermana se encogió de hombros.

Todo. Todo podría salir mal. Ninguna casa en el mundo era lo suficientemente grande como para evitar a Faye. Pero era mi culpa, me había metido en una situación de la que ya no podía salir. Y de alguna manera, esta pobre chica inocente se había visto envuelta en el asunto. *Pobre Faye. No tienes idea de lo que te espera si no tenemos cuidado.*

No solo podía salir todo mal, tenía la desagradable sensación de que todo iba a salir mal.

Capítulo 4 – Faye

Sí. Si algo sabía, era que hoy definitivamente no era mi día. Después de que el mecánico se llevara a Molly remolcada, y de que Elli fuera dejada en casa, Caleb y yo continuamos solos el viaje.

El silencio era insoportable, pero simplemente no lograba romperlo. No sabía si esa actitud hosca era solo una fachada o correspondía a su verdadero carácter, pero por alguna razón inexplicable me atraía. Cuanto más oscuros se volvían sus ojos, más difícil me resultaba no mirarlo.

¡Por Dios, Faye! ¡Ha destrozado tu coche y apenas ha cruzado tres palabras contigo!

Mi subconsciente me dejaba claro que Caleb no solo parecía peligroso, sino que probablemente lo era. Y ambas sabíamos exactamente lo que había pasado la última vez que me había abierto: me habían arrancado el corazón palpitante del pecho.

Sin embargo, tenía que admitir que no era su culpa que Molly hubiera sido transportada al taller en dos partes. Bueno, estrictamente hablando, sí era su culpa, porque debido a su atractivo yo quería alejarme de él lo más rápido posible, pero esa es otra historia.

Cuando llegamos a nuestro destino, Caleb bajó en silencio y yo lo seguí como un perro fiel. ¿Qué otra opción tenía?

Los últimos rayos de sol bañaban el paisaje con su rojizo atardecer. El mundo a mi alrededor reflejaba cómo ardía por dentro al pensar que esta noche dormiría cerca del vaquero más ardiente del mundo.

—Espera aquí —gruñó Caleb, dejándome parada en el pasillo de la casa y alejándose.

—Vale —le grité, para que al menos por un segundo pareciera que no me estaba tratando como si fuera invisible.

Lo primero que me llamó la atención fueron los muchos trofeos, medallas y cintas que estaban en las estanterías. Elli no había exagerado cuando habló de su carrera. Me habría encantado saber más al respecto, pero eso probablemente habría revelado mi gran interés por Caleb.

Lo segundo que me llamó la atención fueron las fotos colgadas en la pared. Exclusivamente Caleb, montando a caballo, con trofeos, y montando a caballo con trofeos. ¿Era una mala persona por alegrarme de que no hubiera fotos de una mujer sonriente apoyada en su fuerte hombro?

Con pasos pesados que hacían vibrar el rústico suelo de madera, Caleb regresó, pasó junto a mí y subió las escaleras.

—¿Quieres echar raíces ahí abajo? —me gritó.

—No —respondí y subí dos escalones a la vez para alcanzarlo. En realidad, tenía planeado todo lo contrario. Tenía que salir de aquí lo más rápido posible. Lejos del idilio perfecto, lejos del rancho perfecto y, sobre todo, lejos del vaquero perfecto.

Abrió la última puerta a la izquierda y me indicó con un gesto que entrara. Me enamoré al instante de la habitación de invitados, decorada con cariño al más puro estilo rural.

Cuando me di la vuelta, Caleb me entregó sábanas y fundas de almohada perfectamente dobladas, y una toalla. Al hacerlo, rozó mi brazo y tuve que reprimir un suspiro que de otro modo se me habría escapado. Nunca antes un roce me había desconcertado tanto.

—Si necesitas algo, mi habitación está enfrente —gruñó Caleb.

Mi mirada se dirigió rápidamente hacia la puerta cerrada frente a mí. ¿Dormía a solo unos metros de mí? Oh, Dios.

—Gracias —susurré tan bajo que apenas me oyó. Luego Caleb se dio la vuelta. Sabía que habría sido más inteligente no decir nada más, pero de lo contrario me habría roto la cabeza toda la noche.

—¿Caleb? —Cuando pronuncié su nombre, se detuvo un momento antes de darse la vuelta.

—¿Hmm? —gruñó. No pude evitar notar que su mirada recorría mi cuerpo.

—¿Por qué eres así?

—Así soy yo —respondió secamente. Bueno, podría haberme ahorrado la pregunta porque era demasiado general, sin embargo, negué con la cabeza. Algo en su comportamiento me llevaba a pensar que Caleb, en el fondo, era muy diferente de lo que me mostraba.

—No, no lo creo. Con tu hermana no eras así.

—Porque es mi hermana pequeña —explicó Caleb encogiéndose de hombros.

—Y con el sheriff tampoco eras así.

—¡Porque es el sheriff! —La voz de Caleb se elevó. Mi pregunta parecía irritarlo. ¿Sabría que su comportamiento me hería, quizás incluso lo hacía a propósito?

—¿Y qué es diferente conmigo para que me trates *así*?

Caleb se acercó y yo retrocedí hasta que la puerta a mi espalda me detuvo.

—No soy una buena compañía para ti. Mantente alejada de mí y no tendremos ningún problema.

—¿Realmente crees que esto no es un trato problemático? —Resoplé con desdén—. Habría sido menos problemático simplemente dormir en mi coche. Y si lo prefieres, simplemente me iré.

En cuestión de segundos, Caleb apoyó ambas manos en la puerta, de modo que quedé atrapada entre sus brazos.

—Una chica pequeña e inocente como tú no debería dormir sola en el coche —gruñó.

—¿Por qué te importa siquiera? Me has tratado todo el tiempo como si fuera una molestia.

—Me interesas más de lo que crees —murmuró.

Caleb me miró profundamente a los ojos, más profundo que nadie antes. Debería considerar la situación como cualquier cosa menos buena, pero mi cuerpo traicionero me engañaba con mariposas en el estómago y palpitaciones.

—Más de lo que quizás te gustaría —continuó con voz ronca.

Cielos. Esa era una amenaza que había dado en el blanco, y si no lo supiera mejor, tal vez la habría tomado en serio, pero simplemente la ignoré.

—¿Así es como les muestras a todas las mujeres que en realidad te gustan? —Intenté parecer lo más segura y estoica posible para ocultar que era cera en sus manos.

—Solo a ti, porque eres tan especial.

—No entiendo —comencé, pero Caleb puso su dedo sobre mis labios.

—Ni siquiera intentes cuestionarlo o entenderlo. Si te mantienes alejada de mí, no tendrás que averiguar a qué me refiero.

Su dedo siguió acariciando mi labio y solo cuando abrí la boca voluntariamente un poco, retiró su mano, lo cual lamenté mucho.

—¿Y si no me mantengo alejada de ti porque quiero entenderlo?

—Créeme, pequeña, no querrías eso.

Sí, sí quería. ¡Y cómo lo quería! ¿Qué me pasaba?

—Puedo decidir por mí misma lo que quiero y lo que no —dejé clara mi posición. Mi respuesta provocó en Caleb una sonrisa segura que me hizo temblar las rodillas.

—Adorable. Realmente lo crees, ¿verdad?

Para enfatizar lo adorable que me encontraba, colocó un rizo detrás de mi oreja, rozando mi mejilla con el pulgar.

—¡Por supuesto! —insistí. Me aferré a los últimos restos de mi confianza.

—Por eso mismo a veces necesitas a alguien que te cuide.

—¿Y tú serías alguien que podría cuidarme?

Caleb dudó brevemente antes de apartarse de mí y alejarse dos pasos.

—Diablos, no. Necesitas a alguien que te proteja de tipos como yo.

No sabía nada sobre *tipos como Caleb*, pero sabía lo suficiente para saber que los tipos que no eran como él me habían hecho más daño del que Caleb podría hacerme jamás.

—Puedo cuidarme sola —afirmé con firmeza, pero ni él ni yo nos creímos mi media mentira.

—Ve a dormir ahora, Faye.

—Todavía no tengo sueño. —Eso era verdad. El día había sido agotador, pero estaba demasiado alterada para poder dormir ahora.

Caleb respiró hondo para responder algo cuando el rugido de mi estómago terminó nuestra discusión. Me sentí tan avergonzada que quería que me tragara la tierra.

—¿Cuándo fue la última vez que comiste algo? —preguntó Caleb, arqueando una ceja.

—En la cafetería —respondí, esperando que mi respuesta fuera suficiente.

—¿Y qué?

—Un trozo de pastel.

—Deberías comer algo más.

—No tengo hambre —repliqué. Aunque era cierto, principalmente quería contradecir a Caleb por principio. No tenía derecho a ordenarme cuándo dormir o comer cuando le convenía.

—¿Siempre tienes que contradecir? —preguntó Caleb, masajeándose el puente de la nariz con el pulgar y el índice.

—Aparentemente nadie te ha contradicho nunca, así que ya es hora —respondí dulcemente. Luego retrocedí dos pasos—. Nos vemos mañana, buenas noches.

Sin dejar que Caleb dijera una palabra más, cerré la puerta con énfasis.

Curiosa, pegué el oído a la puerta y escuché a Caleb bajar las escaleras murmurando en voz baja. Este punto era mío.

Sonriendo, me dejé caer en el suave colchón y miré pensativa al techo. Realmente había experimentado muchas cosas en mi viaje por carretera, pero *esto* era realmente algo especial de lo que les contaría a mis hipotéticos nietos en mi hipotética casa junto al lago.

Alguien llamó a la puerta, al momento siguiente la puerta se abrió de golpe y Caleb entró pisando fuerte.

—¡Caleb! ¡Podría haber estado desnuda! —exclamé agudamente, después de saltar de la cama.

—He llamado —se justificó—. Además, no estás desnuda.

Apreté los labios y no respondí nada. ¿Qué podría haber contestado a eso?

Caleb colocó un plato con una hamburguesa humeante frente a mí en la pequeña mesa.

—Si te gusta el pastel de Sue, amarás sus hamburguesas. Que aproveche.

Antes de que pudiera responder, Caleb había salido de la habitación. El familiar crujido de los escalones me indicó que Caleb había bajado de nuevo.

Aunque quería seguir dejando clara mi posición, la hamburguesa no me lo ponía fácil, con lo tentador que olía. Me había dado cuenta de que Caleb la había pedido en la cafetería, lo que significaba que él tampoco había comido nada hasta ahora.

—De alguna manera es dulce —murmuré. Luego me senté a la mesa y comí la mitad de la hamburguesa. Era una protesta menor de lo planeado, pero mucho más compatible con mi cerdo interior que dejar toda la hamburguesa sin tocar.

Como no había oído más escalones, me escabullí con la mitad de la hamburguesa al dormitorio de Caleb y dejé el plato, bien visible, sobre la cama.

Cuando me había preparado para dormir y ya había atenuado la luz, escuché sonidos extraños. Un *cloc, cloc, cloc* casi rítmico que venía de afuera. Curiosa, me acerqué sigilosamente a la ventana para descubrir la fuente del sonido y tropecé con mi ropa, que había tirado simplemente al lado de la cama.

Cuando miré afuera, casi me da un infarto. Caleb estaba afuera, cortando leña con el torso desnudo. La luz de la luna y el débil halo luminoso de la casa eran suficientes para ver cada detalle de su cuerpo. Su cuerpo era para adorar, al igual que su cabello, que pude ver por primera vez. ¿Cómo podía Caleb esconder un peinado tan bien sentado bajo un sombrero de vaquero todo el día? Sabía por qué, porque la sombra que proyectaba su ala acentuaba sus ojos oscuros.

No pude evitar ver a Caleb en su sudoroso trabajo. Partía con precisión un gran tronco tras otro. Fascinada, observé cómo sus músculos se tensaban y relajaban al ritmo. *Vaya*. Simplemente vaya. La vista me fascinaba tanto que ni siquiera se me ocurrió preguntar por qué estaba cortando leña para tres inviernos duros en pleno verano. Pero cuanto más miraba, mayor se hacía mi deseo físico por este tipo rudo e insoportable que lo ponía todo patas arriba.

Podría haber pasado toda la noche observando a Caleb cortar leña, viendo cómo se tensaban los músculos de su abdomen y cómo cada golpe iba seguido de un suave gruñido que me ponía la piel de gallina. Pero cuando hizo una pausa para tomar aliento, nuestras miradas se cruzaron y yo, sobresaltada, me aparté, cerré las cortinas y me escondí bajo las sábanas.

El hecho de que Caleb tuviera el cuerpo más sexy del mundo no significaba que tuviera que saber que yo pensaba así.

Mi revelación me dejó perpleja. Ni siquiera entonces había sentido emociones tan intensas como ahora... ¡nunca! De hecho, ese pensamiento logró desplazar parte del dolor del que había estado huyendo durante dos meses, y me permití hacer algo que no había hecho en mucho tiempo. Cerré los ojos y dejé que mis manos vagaran por mi cuerpo. Me imaginé que eran las manos de Caleb las que me tocaban. Cómo agarraba mis pechos, que apenas cabían en sus grandes manos, cómo provocaba mis pezones endurecidos para que se pusieran aún más duros, y cómo sus ojos devoraban mi cuerpo con avidez.

Me imaginé cómo me presionaba contra la pared y me besaba con deseo. ¡Dios, cuánto deseaba que Caleb me besara! ¿Me haría cosquillas su oscura barba incipiente en la piel mientras nuestros labios se encontraban?

Mi mano se deslizó más abajo, entre mis piernas, y dejé escapar un suave gemido al sentir lo excitada que me había puesto Caleb. Su voz oscura y áspera me hacía estremecer cada vez, y sus miradas sombrías me atraían como un imán. Cuanto más claras se volvían sus advertencias, más ansiaba yo traspasar todos los límites.

No pasó mucho tiempo antes de que todo mi cuerpo temblara de deseo, y alcancé el clímax mientras gemía su nombre. Una y otra vez tuve que contenerme para que Caleb no se diera cuenta. Tenía que seguir siendo mi secreto lo loca que me volvía. Simplemente no era lo suficientemente valiente como para arriesgar mi corazón por segunda vez.

Mis pensamientos volvieron a Caleb y a cómo me había aprisionado entre él y la puerta. Me imaginé cómo lo habría besado y cómo él se habría abalanzado sobre mí, lleno de deseo. Nuestra ropa dispersa por el suelo porque no podíamos —ni necesitábamos— controlar nuestra lujuria.

Una pequeña parte de mí deseaba que Caleb entrara de nuevo en la habitación debido a mi protesta por la hamburguesa y me pillara dándome placer a mí misma. El solo pensamiento de que me preguntara con su voz áspera qué estaba haciendo hizo que mi bajo vientre palpitara intensamente.

La mera idea de que Caleb se abriera los vaqueros después de que le confesara lo excitada que me había puesto me hizo alcanzar el orgasmo. Tan intensamente que me mareé por todas las sensaciones que me invadieron.

Jadeando y sin aliento, me giré hacia un lado y una pequeña parte de mí esperaba que Caleb hubiera escuchado cómo gemía su nombre justo antes de llegar al clímax.

Capítulo 5 – Faye

Con los ojos cerrados, inhalé el aire fresco que el viento traía hacia mí. Los primeros rayos del sol se reflejaban en el rocío de la mañana que se había enredado en la hierba.

Aunque había dormido como en las nubes, me sentía agotada por la noche anterior. ¿Qué me había pasado? ¿Cansancio? ¿Hormonas? ¿Hambre?

Mi cuerpo no era consciente de ninguna culpa; peor aún, anhelaba aún más a Caleb, por lo que tenía que irme de aquí lo antes posible. Ni mi corazón ni mi carrera podían soportar otra decepción.

Como no había rastro de Caleb, salí por mi cuenta para encontrarlo. Seguí un sendero que se alejaba de los campos adyacentes, descendiendo por una pequeña colina. La vista era simplemente magnífica, y a unos cientos de metros de distancia, se alzaban grandes graneros, un silo de forraje y un molino de viento.

—Debe ser el centro de Red Rivers del que Elli habló —dije en voz alta, pero aparte de unas cuantas vacas curiosas, nadie me escuchó. A decir verdad, solo recordaba vagamente la conversación porque estaba completamente aturdida por las miradas sombrías de Caleb.

Cuanto más me acercaba a la propiedad, más grande se hacía. Además de la casa principal, había varias casas más pequeñas y graneros enormes donde reinaba una gran actividad.

El sol apenas había salido y, sin embargo, había mucho movimiento. *Vaya*. A menudo había cantado sobre la vida en el campo, sobre las refrescantes brisas matutinas y los impresionantes amaneceres, pero experimentarlo así era algo completamente diferente.

Divisé a Caleb en la pista de equitación más grande, y me quedé sin aliento al ver lo rápido que galopaba con su caballo alrededor de los barriles colocados. No tenía idea de cómo se mantenía tan bien en la silla a pesar de las curvas cerradas, pero su mirada concentrada era impresionante.

Fascinada, me apoyé con los brazos en un listón de la valla para poder observar cómodamente el espectáculo.

Solo después de que Caleb hubiera rodeado cada uno de los tres barriles, que formaban un triángulo con cierta distancia entre sí, regresó a toda velocidad a su punto de partida. Incluso desde cierta distancia, aún podía sentir el sabor del polvo levantado en mi lengua.

—Impresionante, ¿verdad? —preguntó Elli, que de repente había aparecido detrás de mí.

—Totalmente —respondí, sin poder apartar la mirada de Caleb. Solo cuando sentí un aliento cálido en mi nuca, me di la vuelta y vi los ojos despiertos de un caballo.

Me gustaban los caballos, siempre y cuando hubiera suficiente distancia entre nosotros. Tal vez las cosas serían diferentes hoy si no me hubiera caído tan desafortunadamente del poni en el paseo que los padres de Anny Jacob habían organizado para su cumpleaños, donde me rompí el brazo.

Hasta el día de hoy odiaba a Tony por haberme impuesto la imagen de *chica vaquera amante de los caballos*; tarde o temprano, todo el engaño saldría a la luz.

Tan discretamente como pude, puse algo de distancia entre Elli, el caballo y yo.

—¿Es uno de tus caballos salvajes? —pregunté.

—Casi podría pensarse. —Elli puso los ojos en blanco antes de mirar con reproche al enorme animal a su lado—. Troublemaker llegó a mí por otro camino, sus dueños ya no podían manejarlo, me lo dejaron con todos sus papeles y dijeron que ahora era mi problema.

—Gente encantadora —respondí sacudiendo la cabeza—. ¿Qué se puede esperar cuando llamas a tu caballo Troublemaker - Alborotador?

Miré a Elli frunciendo el ceño antes de examinar al semental. Tenía ojos grandes y oscuros, y un pelaje dorado sobre el que caía una melena plateada interminable—. Creo que se ve bastante amigable.

—Y lo es, siempre y cuando no esté en la pista de equitación. —Elli palmeó el cuello del caballo y luego me puso la cuerda de guía en la mano. Por poco la dejo caer como si fuera una patata caliente, pero en el último momento logré reprimir el impulso.

—¿Podrías sostener a Trouble un momento por mí? —preguntó Elli sonriendo.

—Parece que ya lo estoy haciendo. —Me forcé a sonreír, lo que hizo reír a Elli.

—Vuelvo enseguida, solo voy a buscar otro caballo rápidamente.

Al momento siguiente, Elli se alejó trotando, dejándome con un animal enorme del que no tenía ni idea.

—Por favor, no causes problemas, ¿sí? —supliqué al animal, que respiró profundamente y luego me resopló en la cara una vez más—. Tomaré eso como un *sí*.

Caleb, que ya había notado mi presencia, me hizo un breve gesto con la cabeza y luego espoleó a su caballo una vez más. Troublemaker encontraba el espectáculo tan interesante como yo, eso me lo revelaban sus orejas erguidas, una de las pocas cosas que sabía sobre caballos.

Después de la tercera vuelta, Caleb trotó hacia mí en la valla, se apoyó en el cuerno de su silla vaquera y me miró seriamente.

—¿Has desayunado?

—¿Por qué lo preguntas? —inquirí inocentemente.

—Porque quiero saber si esta noche encontraré un plato con tocino y huevos fritos en mi mesa de comedor.

Caleb me examinó de arriba a abajo, y pude ver que buscaba concentradamente señales que pudieran delatar cualquier mentira.

—No, no lo harás —le tranquilicé—. Se veía demasiado tentador como para dejarlo.

—Buena chica.

La forma en que Caleb me elogió me envió otro escalofrío placentero por la espalda. Quería más de eso.

Elli apareció con otro caballo a remolque antes de que pudiera responder.

—Y, ¿se portó bien Troublemaker? —me preguntó, pero también miró seriamente al caballo que yo seguía sosteniendo.

—Fue un encanto —respondí y acaricié su suave cuello con deleite—. Y creo que le gusta el barrel racing.

—¿Tú crees? —me preguntó Elli con curiosidad, pero Caleb hizo un gesto de negación.

—Creo que más bien le gusta Tiptoe —dijo con voz firme, y palmeó el cuello de su caballo pinto.

Resoplé indignada porque Caleb no se tomaba en serio mi suposición, pero luego me mordí los labios para no iniciar una discusión que solo podía perder. Los caballos realmente no eran mi especialidad.

—¿Quieres decir algo, Faye? —Caleb me miró desafiante, lo que me hizo aún más difícil simplemente mantener la boca cerrada. *Respira hondo, Faye. Respira hondo.*

—Me gustaría saber más sobre la competencia —respondí, asintiendo con orgullo porque apenas había logrado evitar el desastre.

Caleb me miró de manera significativa, pero para mi salvación, Elli comenzó a hablar sin parar.

—Te lo explicaré desde el principio.

—¿Qué haces aquí, Elli? —interrumpió Caleb a su hermana pequeña.

—Le estoy contando a Faye sobre el torneo —respondió ella.

—Quería saber qué haces *aquí*.

—Ah, aquí —respondió Elli, mirando alrededor—. Casualmente, crecí aquí.

—Sabes exactamente a qué me refiero. ¿Por qué no entrenas a tus caballos en Oakland?

Elli echó la cabeza hacia atrás y resopló ruidosamente. —Porque Clay está entrenando a sus alumnos para el próximo rodeo, y con ese alboroto nadie puede concentrarse correctamente.

Debo admitir que admiraba a Elli por su ingenio, pero cuando creces con tantos chicos, no te queda más remedio que desarrollar una piel gruesa.

Elli tomó aire profundamente.

—Bueno, volviendo a la competencia. No solo habrá carrera de barriles, sino también cutting, roping y team roping en el programa. Y para cada torneo hemos podido contratar a leyendas para hacerlo más emocionante. —Elli respiró hondo y señaló hacia el rancho detrás de ella—. Caleb participará en la carrera de barriles, y June y John agitarán el team roping. Además, no solo habrá clasificaciones normales, sino también una *carrera general de hombres contra mujeres*, donde se sumarán todas las posiciones de las listas.

—Suena genial —respondí, contagiándome literalmente del entusiasmo de Elli.

Caleb se inclinó un poco más hacia adelante. Cielos, parecía un auténtico vaquero, y las fantasías que eso provocaba nunca las podría borrar de mi mente.

—Hablando del diablo —murmuró Caleb.

Detrás de nosotros aparecieron un vaquero que se parecía mucho a Caleb y una mujer que aferraba un libro como si fuera un niño.

—Faye, permíteme presentarte a mi hermano John y a su esposa June. ¡Tienen el mejor rancho vacacional del mundo!

—Hola —saludé a ambos y agité la mano en el aire, ya que aún sostenía la cuerda de Troublemaker.

John me saludó a la manera vaquera, tocándose el ala de su sombrero. June, por su parte, aferraba un libro grueso y de gran tamaño y me miraba con ojos grandes.

—Faye Fanning está en Red Rivers, todavía no puedo creerlo.

—June estaba a punto de echarme de la cama para hacerle espacio a Faye —dijo John divertido. Me reí en voz baja, imaginando secretamente cómo sería vivir aquí también e intercambiar bromas con esta gente maravillosa.

—Qué suerte que Caleb fuera su caballero de brillante armadura, ¿no? —preguntó Elli de manera significativa. Me pregunté automáticamente cuánto habría captado de lo que pasaba entre Caleb y yo.

June se aclaró la garganta y abrió significativamente el libro que había estado apretando contra su pecho.

—¿Puedo pedirte un autógrafo?

—Claro, es un honor —respondí, hojeando el libro que contenía docenas de firmas de vaqueros y jinetes de rodeo. Cuando abrí la última página pegada, tuve que sonreír, porque había una foto mía tomada por un aficionado. No necesité mirar dos veces para saber que había sido tomada durante mi gira por Nueva York hace unos años.

Cuando devolví el libro, ya firmado, June dio un pequeño salto en el aire, lo que me alegró el corazón. Lo admito, esa era la parte de mi trabajo que más echaba de menos. Solo entonces recordé el ultimátum que Tony me había dado ayer. Mis emociones descontroladas, provocadas por Caleb, me habían mantenido tan ocupada que todo lo demás se había vuelto insignificante.

Precisamente el vaquero malhumorado, grosero y demasiado autoritario me había devuelto un pedazo de paz que creía perdido hacía mucho tiempo.

Elli y June hablaban sobre cosas de la competencia, mientras Caleb volvía a su entrenamiento. ¿Y yo? Solo tenía ojos para Troublemaker, después de que me hubiera infectado con el *virus de los caballos*.

John, que no sabía bien cómo unirse a la conversación, pateaba algunas piedrecitas en la grava, lo que hizo que Elli y June se callaran.

—Voy a liberar a la abuela de Callie.

—Está bien —dijo June, y sin comentarios le puso su libro en la mano.

—Con *yo*, en realidad quería decir *nosotros* —explicó John. Había adoptado una expresión seria similar a la que ya había observado en Caleb.

—Voy enseguida, dame dos minutos.

Asintiendo, John se despidió de mí y dejó a June, quien suspiró suavemente.

—En realidad quería hacerlo de manera más sutil, con un poco de charla trivial, los famosos sándwiches de la abuela Keys y un lanzamiento de lazo bastante elegante, pero supongo que tendrá que ser así —comenzó June encogiéndose de hombros, antes de pararse cerca de

Elli. Aún no las conocía bien, pero a primera vista pude ver que habían tramado algo.

Después de que June se mordiera pensativamente el labio inferior, Elli tomó la palabra.

—Lo que June quería decir en realidad es: nos preguntábamos si tal vez quisieras participar en el torneo.

Pensando que era una broma, me reí en voz alta, pero cuando ninguna de las dos se unió a mi risa, esta se apagó y miré al suelo avergonzada.

—Es una oferta realmente genial, pero no monto lo suficientemente bien como para participar en torneos. —Lancé una mirada significativa a Caleb, que galopaba con su caballo por la pista de equitación. A decir verdad, ni siquiera podía mantenerme en pie sobre un caballo, pero preferí guardarme eso para mí.

—No pasa nada, habrá muchos jinetes participando que no brillarán tanto como nuestro chico de oro aquí —dijo Elli, quitándole importancia—. Además, el asunto es por una buena causa, los trofeos no son importantes.

—De verdad no soy muy buena jinete —insistí. Y no era falsa modestia, sino la verdad despiadada pero secreta. *Gracias, Tony, por ponerme en esta situación.*

—Qué va, montar en barril es como andar en bicicleta, pan comido —intentó Elli seguir motivándome.

—¿Se supone que debo hacer lo mismo que Caleb? —pregunté sorprendida.

Se me cayó la mandíbula. No solo tenía que sentarme en un animal enorme, sino también correr a toda velocidad alrededor de esos barriles. Ay, Dios, ¿en qué lío me había metido?

—Es la única competencia en la que nos falta alguien de renombre. No te preocupes, Faye. Si montas aunque sea la mitad de bien de lo que cantas, dejarás a los hombres en ridículo.

Si tú supieras, Elli. Incluso en el improbable caso de que, por algún milagro, de repente pudiera montar, todavía quedaba un problema sin resolver: la implacable atracción de Caleb, de la que apenas podía escapar. Dios mío, vendería mi alma si tan solo me dijera *buena chica* una vez más.

—Lo siento de verdad, pero en cuanto Molly esté reparada, tengo que seguir mi camino. —Me dolía en el alma rechazar, pero era lo mejor para todos los involucrados. Lo de Caleb y yo solo podía salir mal. Saqué mi smartphone del bolsillo y lo sostuve en alto a modo de disculpa—. Pero haré algunos shoutouts para apoyarlos un poco.

—Bueno, no se puede detener a los viajeros —susurró June decepcionada, antes de sonreír de nuevo—. Que te vaya bien, Faye, ahora tengo que ir a ver a Callie, o mi marido se volverá loco.

Elli también parecía abatida, pero sonrió valientemente mientras me quitaba la cuerda de Troublemaker.

—Si cambias de opinión, eres bienvenida aquí en cualquier momento. —Elli me miró con clara intención—. Lo digo en serio.

—Gracias.

Me dejé llevar por un cálido abrazo de Elli antes de verla alejarse con los caballos con una mirada nostálgica. En ese momento, Caleb se acercó a mí con su caballo.

—¿En qué piensas? —dijo, y creí haber detectado genuina preocupación en su voz.

Rápidamente sacudí mis pensamientos como si fueran gotas de pelo mojado.

—Ah, nada. Solo pensaba en mi coche —respondí apresuradamente.

—¿Quieres que te lleve a Merryville? —Su pregunta surgió de la nada, y una brutal finalidad resonó en ella, casi derribándome.

Asentí porque no era capaz de decir nada. ¿Por qué tenía que encontrar el paraíso en la tierra justo ahora que estaba huyendo? ¿Y por qué no pude conocer a Caleb un poco antes? En otras circunstancias, si mi corazón no estuviera hecho pedazos, no habría negado lo que había entre nosotros.

Caleb era el indicado, pero era el momento equivocado.

Capítulo 6 – Caleb

Solo un maldito viaje más a Merryville y me libraría de Faye. Debería estar contento por ello, pero no lo estaba. Para nada.

Abrí la puerta del copiloto y dejé que Faye entrara. Me lo agradeció con miradas elocuentes. Y precisamente esas miradas eran la razón por la que no quería dejar ir a Faye. Esos ojos de diamante despertaban algo en mí, y me volvía loco no poder interpretar bien esos sentimientos.

Me detuve un momento y observé a Faye rápidamente. Su cuerpo era simplemente perfecto, y cómo me miraba... ¡no!

Suspirando, cerré la puerta de golpe, me lancé al asiento del conductor y traté de no pensar más en todo lo que quería hacerle a Faye. Ella me había observado la noche anterior mientras intentaba desahogarme. Y cuando encontré la mitad de la hamburguesa en mi habitación, casi la pongo sobre mis rodillas. Quería desesperadamente, pero no podía.

Había demasiado en juego, para ambos.

—¿De qué hablaron? —pregunté. Solo porque quería deshacerme de ella no significaba que no apreciara su presencia. Ese era precisamente el problema del asunto.

—¿Hm? —Faye se sobresaltó, como si la hubiera pillado haciendo algo prohibido.

—¿De qué se trataba el interrogatorio de June y Elli?

—Querían que participara en vuestro torneo.

Mis manos se agarrotaron alrededor del volante y mi pie de plomo se volvió aún más pesado.

—¿Y qué les dijiste?

—¡*No*, por supuesto! —respondió Faye seriamente antes de reírse.

—¿*Por supuesto* no? —insistí, pero Faye lo descartó con un gesto.

—No es importante.

Desafortunadamente, tenía que concentrarme en la carretera, por lo que solo podía ver a Faye por el rabillo del ojo. Pero eso bastaba para saber que había más detrás de su *no es importante* de lo que ella quería admitir. Cuanto más revelaba Faye de sí misma, más secretos parecían rodearla.

—¿Qué piensas hacer cuando Franky haya arreglado tu coche? —pregunté. La sola idea de que condujera por zonas donde las chicas pequeñas e inocentes no tenían nada que hacer me volvía loco.

—Aún no lo sé exactamente. —Faye siguió mirando por la ventana, enrollando sus rizos color canela alrededor de sus dedos e intentando no dejar ver lo incómoda que le resultaba mi interrogatorio.

—Podrías quedarte aquí —me oí decir con mi propia boca. Cada vez me resultaba más difícil contenerme. Faye tenía que desaparecer rápidamente si sabía lo que era bueno para ella.

—Una oferta tentadora, pero tengo que seguir adelante —respondió.

—Pensé que no tenías un destino. ¿Por qué tienes tanta prisa entonces?

Faye guardó silencio, lo que fue respuesta suficiente.

—¿De qué estás huyendo? —pregunté directamente.

—¡De nadie! ¡Y ahora deja de acribillarme a preguntas! —respondió enojada.

Ajá. Tenía la fuerte sospecha de que Faye estaba huyendo por ira, no por miedo.

—¿Podemos hablar de otra cosa, por favor? —preguntó en voz baja, adoptando un tono más conciliador.

—Claro —respondí, apoyando el codo en la ventana abierta—. ¿Por qué no quieres quedarte aquí?

Suspiró suavemente. —Me gusta bastante aquí, pero simplemente no puedo quedarme.

—¿Ni siquiera si fuera por una buena causa? Significaría mucho para mi hermana pequeña.

Sí, era mezquino jugar la *carta de la hermana pequeña*, pero Faye era muy astuta. Y cuanto más aprendía sobre ella, más urgente se volvía mi necesidad de descubrir por qué me atraía tanto.

Faye me miró desafiante y se mordió los labios pensativa.

—No puedo quedarme, ¿vale? No es posible. —Su inseguridad era apenas disimulable, por cómo jugueteaba con el dobladillo de sus vaqueros. No la presioné. Fuera lo que fuese lo que le pesaba en el corazón, la afectaba mucho, y ya podía imaginar en qué dirección iba. En cada maldita historia, los corazones rotos juegan un papel importante.

—Mi representante me ha dado un ultimátum. —Admito que me sentí algo decepcionado de que siguiera guardándose para sí la parte de la huida. Y estaba condenadamente decepcionado de que no dijera nada sobre la atracción que ninguno de los dos podía negar.

—Si no cumplo sus exigencias, mi carrera se acabará.

—Suena a un representante de mierda —dije malhumorado.

—Bueno. —Faye se removió en el asiento del copiloto hasta que su cuerpo quedó orientado hacia mí—. Tiene razón, simplemente me fui sin decir una palabra.

—Eso no es razón para tratar así a una dama —defendí mi punto de vista. Me gustaba poner a las mujeres sobre mis rodillas, sí, pero era un verdadero caballero al hacerlo. No todos opinaban que estos dos opuestos fueran compatibles, pero para mí era un requisito.

—Si no hago un regreso, en un mes seré la próxima Bonnie Buckley.

—¿Y qué te impide hacer tu regreso aquí?

Mi pregunta desconcertó a Faye. Me miró con sus enormes ojos azules y no encontró palabras para lo que sentía. *Me pasa lo mismo, pequeña.*

Llegamos al taller y detuve el coche a regañadientes.

—Así que quieres irte de aquí, pero en realidad también quieres quedarte —resumí la situación que nos preocupaba a ambos.

—Se podría decir así. No sé qué hacer.

Tal vez Faye aún estuviera indecisa, pero yo ya había tomado mi decisión hacía tiempo. Quería descubrir desesperadamente por qué esta chica me afectaba tanto, sin dejar que me tocara. En algún momento tendría que alejarla de mí, pero eso aún podía esperar.

—Simplemente quédate aquí —dije con voz firme.

Faye me miró frunciendo el ceño. —¿Por qué haces esto?

—¿Por qué hago qué?

—Primero me tratas fatal, ¿y ahora de repente quieres que me quede?

Quería que se quedara todo el tiempo, pero no quería que tuviera que cargar con las consecuencias de mis acciones.

—Estás interpretando demasiado la situación —me cerré, y salí del coche.

—¡Y un cuerno! —Faye saltó rápidamente, dio la vuelta al capó y me interceptó antes de que pudiera cerrar mi puerta.

—¡Me debes una explicación, Caleb!

Cruzó los brazos firmemente sobre su pecho, y cuando vi la ira parpadeante en sus ojos, supe lo que pasaba. Me había pillado por completo.

—No te debo nada —gruñí.

—Claro que sí. —Faye no se dejaba intimidar, al contrario, cuanto más acalorada se volvía nuestra discusión, más ardía ella.

No tienes ni idea de lo que podrías provocar con esto, Faye.

No quería hacer nada más que inclinarla sobre el capó y darle una zurra hasta que aprendiera la lección.

—Sea lo que sea que haya entre nosotros —empecé, sin negar que hubiera algo entre nosotros—. No es importante. Ni tú ni yo queremos interponernos en nuestras carreras.

Contrariamente a mis palabras, di un paso hacia Faye, de modo que nuestros cuerpos casi se tocaban. Ella era una cabeza más baja que yo, lo que también se dio cuenta en ese momento. Ahí estaba de nuevo, esa atracción inexplicable que se hacía presente en los peores momentos. Nuestros labios se acercaban cada vez más y más, ya podía saborear su dulce piel, cuando Faye de repente se echó hacia atrás.

—No puedo quedarme aquí, Caleb. Y de ninguna manera puedo participar en ese concurso.

Pasó junto a mí, dejándome allí como un completo idiota, y dobló la esquina diciendo: —Necesito pensar.

Qué salida. En otras circunstancias no lo habría tolerado, pero las circunstancias eran bastante miserables. Decidí darle la vuelta a la situación a mi favor marchando al taller de Franky.

—Hola Franky —saludé al mecánico, que tenía la parte superior del cuerpo metida en el capó de una furgoneta desechada.

—El Chrysler está en el aparcamiento, casi como nuevo. Al menos tan nuevo como puede ser un coche viejo y oxidado —respondió Franky sin levantar la vista.

Solo cuando le di un toque en el hombro me miró.

—Creo que la reparación del Chrysler va a llevar más tiempo —respondí secamente. Entonces saqué un billete de doscientos dólares de mi bolsillo y se lo di a Franky—. Digamos, ¿un par de semanas porque no se pueden conseguir algunas piezas de repuesto?

Franky me miró confundido. Probablemente estaba sopesando si era lo suficientemente orgulloso como para rechazar el dinero o no.

—Por mí vale, pero solo porque eres tú, campeón —respondió Franky, sacó el dinero de su bolsillo y quiso devolvérmelo.

—Quédatelo, Franky. —Hice un gesto de rechazo, salí del taller y me apoyé en mi coche para esperar a que Faye volviera en sí.

No te vas a librar de mí tan fácilmente.

No pasó mucho tiempo hasta que Faye apareció de nuevo, con las mejillas encendidas.

Crucé los brazos sobre el pecho y esperé con curiosidad lo que tenía que decir.

—Lo siento, Caleb, pero *este* es un tema muy emocional.

—¿Y cómo piensas seguir lidiando con este tema emocional?

—Debería irme de aquí lo antes posible —susurró.

—Sí, deberías —murmuré en respuesta—. Pero te vas a quedar, ¿verdad?

Faye negó con la cabeza. —Quiero, pero no puedo.

—Queramos o no, tienes que quedarte aquí. Al menos hasta que tu coche pueda volver a poner en peligro el tráfico.

—¡Oye, Molly es un coche estupendo! —defendió Faye a su Chrysler, antes de entender el resto de mis palabras y detenerse—. Espera, eso significa... ¿qué quieres decir?

—La versión corta: tu coche tiene que quedarse aquí durante un buen tiempo. Estás atrapada en Merryville, te guste o no.

—¡Esto no puede ser verdad! —Faye enterró su cara entre las manos y suspiró.

—Así que puedes participar en el concurso —comenté casualmente. Me había dado cuenta de cómo brillaban los ojos de Faye cuando hablaba con Elli y June. Pero me sentí desconcertado cuando Faye empezó a sollozar.

—¿Puedes dejar de una vez ese estúpido concurso?

Rodeé sus hombros con mis brazos para consolarla. —¿Qué pasa?

Sí, quería provocar a Faye, quería que chocáramos hasta que hubiera un estruendo, pero de ninguna manera quería hacerla llorar, porque casi me rompía el corazón.

—No puedo participar en ese concurso bajo ninguna circunstancia, Caleb. Regreso o no.

—¿Pero por qué no?

—Porque definitivamente mataría mi carrera.

Simplemente no entendía por qué Faye se resistía tanto a este concurso y cuál era el problema. Faye me miró con una expresión desgarradora.

—Tienes que jurar por lo más sagrado que no se lo contarás a nadie.

—Juro solemnemente que tu secreto está a salvo conmigo. —Levanté mi mano derecha, como en un juramento, y asentí.

Maldita sea, me moría de ganas de poder finalmente ver bajo la fachada de Faye, que mantenía tan valientemente en pie, mientras yo casi me rompía los dientes intentando atravesarla.

Capítulo 7 – Faye

¡Maldita sea! Me había metido en un callejón sin salida. Caleb me había dado su palabra de honor, pero aun así nunca se lo había contado a nadie.

—Bien —dije con dificultad. Todas las palabras parecían atascarse en mi garganta—. No sé montar a caballo.

—¿Ese es el gran secreto? —Caleb frunció el ceño—. ¿Todo este drama por eso? Si eso es todo, estoy bastante aliviado.

Me mordí los labios deseando que fuera así. El drama mucho mayor por el que había dejado Montana seguía siendo mi secreto.

—Hablas con facilidad, Caleb, después de todo eres un campeón que sabe montar.

—Es cierto —respondió asintiendo, antes de que yo continuara.

—Toda mi imagen de chica campirana es mentira. Vengo de la gran ciudad, y toda mi experiencia con el idilio rural se remonta a los últimos dos meses.

Suspiré mirando al suelo, pero Caleb levantó mi barbilla, obligándome a mirarlo a los ojos.

—Montar a caballo no es un gran arte, puedes aprenderlo. Todos tuvimos que hacerlo alguna vez.

Negué con la cabeza de manera más que evidente. —Tengo miedo desde que me caí siendo una niña pequeña.

—No le tenías miedo a Troublemaker —respondió Caleb, y yo inmediatamente lo descarté.

—Ah, él es una excepción. —Tanto Caleb como Elli opinaban que el semental palomino era realmente un caballo único, aunque estaba bastante segura de que los tres teníamos una opinión completamente diferente sobre cómo definíamos "único".

—Entonces simplemente nos aseguraremos de que tu imagen pronto se ajuste a la realidad —propuso Caleb con una sonrisa confiada.

—¿Y cómo? —pregunté, con menos confianza.

—Te enseñaré a montar.

Me estremecí al escuchar sus palabras. ¿Qué acababa de decir? Si era honesta conmigo misma, tenía que admitir que había deseado una oferta así. De esta manera, tenía una excusa para quedarme y pasar tiempo con Caleb. Él me atraía y apenas podía resistirme a esa atracción. Y ahora realmente tenía un pretexto para conocerlo mejor sin involucrar inmediatamente mi corazón.

Faye, tu corazón ya está involucrado, murmuró mi subconsciente, pero lo ignoré lo mejor que pude.

—¿Quieres darme clases de equitación? ¿Tú? —pregunté con incredulidad. Estaba tan emocionada que mi pregunta sonó completamente equivocada.

—No me voy a ofender ahora —respondió Caleb seriamente—. A más tardar la próxima temporada seré incluido en el Salón de la Fama, no hay nadie mejor que yo.

Caleb realmente hablaba en serio con su oferta. Además, era realmente uno de los mejores.

—¿Estás seguro de que puedo lograrlo?

—Si veo cómo Clay convierte a sus torpes en auténticos jinetes de rodeo que derrotan a cualquier bronco en poco tiempo, no me preocupo por ti.

Hmm. ¿Qué tan difícil podía ser aprender a montar? Aún quedaban algunas semanas para la competencia, eso debería ser suficiente.

—De acuerdo, con una condición —respondí.

—¿Y cuál sería?

—Ni un alma puede enterarse de esto.

Caleb extendió su mano para estrechársela, pero cuando la tomé, la apretó con fuerza y me atrajo hacia él. Tan cerca que pude oler su loción para después del afeitado mezclada con su aroma masculino.

—Yo también tengo una condición —murmuró—. Dos, para ser exactos.

Miré a Caleb expectante.

—Primero, no tienes que contarme nada sobre Montana, pero quiero saber si aquello de lo que huiste es peligroso para ti.

—No lo es —respondí diplomáticamente—. No tengo deudas con la mafia, y tampoco he enfadado a nadie, si es lo que crees.

De hecho, en el improbable caso de que Luke se cruzara en mi camino aquí, sería él quien necesitaría protección, ¡eso era tan seguro como el amén en la iglesia!

—¿Cuál es la segunda demanda?

—No debes desafiarme, Faye. De lo contrario, me perderé en cosas sobre las que no tengo control. —Inclinó su cabeza tanto hacia adelante que la sombra cayó sobre su rostro, pero incluso allí sus ojos brillaban.

Vaya. No podía ser más críptico. Para colmo, la voz áspera de Caleb incluso me invitaba a querer romper las reglas. Simplemente no lograba entender a este tipo, ¡y precisamente por eso quería saber más sobre él!

—Nunca te desafiaría —susurré.

—Sí, lo harías —respondió Caleb en voz baja. Se acercó aún más, y no pude retroceder porque su camioneta estaba justo detrás de mí.

—De verdad que no —insistí.

—¿Entonces por qué estás tan nerviosa?

Caleb apoyó sus manos a los lados de mí sobre la plataforma de carga abierta.

¡Dios mío! Apenas me atrevía a respirar porque de lo contrario nuestros cuerpos se habrían tocado, y si eso sucedía, ya no podría cumplir con su exigencia de mantenerme alejada de él.

—No estoy nerviosa en absoluto —dije con dificultad, bastante nerviosa.

Caleb arqueó una ceja en señal de reproche, y no pude evitar corregir mi declaración.

—De acuerdo, estoy nerviosa.

—Buena chica —gruñó—. Entonces, ¿por qué estás nerviosa?

Mi bajo vientre latía tan fuerte que las vibraciones se sentían como pequeños orgasmos.

—Porque creo que quieres besarme. Y porque yo también quiero besarte.

—¿Deberíamos besarnos? —preguntó Caleb.

Todas las alarmas sonaron y su amenaza aún resonaba en mis oídos, pero aun así acorté la distancia hacia sus labios.

—No, no deberíamos. —Mi voz no era más que un susurro.

—Cierto, no deberíamos —murmuró Caleb. Con su pulgar acarició mi mejilla antes de que su mano sujetara mi barbilla, lo que se sentía increíblemente bien. Me gustaba cuando Caleb era tan dominante y simplemente tomaba lo que yo ya quería darle.

Su lengua lamió mi labio inferior y justo cuando abrí mi boca, llena de anticipación, sus labios se alejaron antes de que pudiera tocarlos.

—Solo porque no deberíamos hacerlo no significa que tengamos que obedecer, Caleb.

—Sí, significa eso. —Una mezcla de suspiro y gruñido escapó de su garganta antes de que se apartara del coche, creando aún más distancia entre nosotros. Sentí escalofríos porque me faltaba el calor de su cuerpo y el fuego entre nosotros. Con un sol radiante y unos treinta grados a la sombra, realmente empecé a temblar de frío.

No entendía por qué debía mantenerme alejada de Caleb cuando la atracción era tan fuerte. Cualesquiera que fueran los secretos que ocultaba, no podían ser tan terribles. ¿O sí? ¿Debería tener miedo realmente? Caleb no me parecía del tipo que exagera las cosas.

Me negaba a ceder a sus exigencias, pero el miedo a salir herida me retenía. Dos meses simplemente no habían sido suficientes para sanar mi corazón.

Cielos, esta ambivalencia me estaba volviendo loca.

—¿Por qué debo mantenerme alejada de ti? —pregunté, ya que no podía encontrarle sentido por mí misma.

—Porque soy peligroso. —Sus miradas inequívocas me indicaban que estaba firmemente convencido de su peligrosidad. Pero los sentimientos que despertaba en mí eran igualmente claros. Tal vez Caleb fuera realmente peligroso, pero dudaba que lo fuera para mí.

La vibración de mi teléfono me sobresaltó. Era Tony, cuyo nombre aparecía en la pantalla.

Vaya, Caleb me había confundido tanto que había olvidado por completo el ultimátum de Tony. Hacía mucho tiempo que no me sentía como Faye Fanning, y no como *la próxima Bonnie Buckley.*

—Piénsalo, Faye. Mi oferta sigue en pie, pero conoces las condiciones.

¿Cómo podría negarle algo a este malhumorado y sexy vaquero cuando me miraba *así*?

Caleb enganchó sus pulgares en el cinturón y se apoyó despreocupadamente contra el coche.

¿Cómo podía parecer tan tranquilo e indiferente ahora, mientras mi corazón latía tan rápido que temía que pudiera tropezar?

Me tomó unos segundos salir de mi estado de shock para contestar la llamada.

—Hola, ¿y? ¿Ya te has decidido?

—Sí, lo he hecho —respondí con voz firme, porque me había decidido. Había tomado la única elección que podía tomar. Presentía que mi decisión traería muchos problemas, pero mi instinto también me prometía que aun así no me arrepentiría.

—Me he decidido —dije una vez más, con voz firme, y luego exhalé aliviada porque un peso de toneladas se levantó de mis hombros.

Vaya. Realmente me he decidido. Y mi decisión no tenía nada, absolutamente nada que ver con mi carrera, sino solo con los ojos marrón oscuro que prácticamente me taladraban.

Capítulo 8 – Caleb

Examiné con mirada crítica el listón de la cerca que acababa de reparar y lo sacudí para probarlo. Luego, con un gruñido satisfecho, guardé las bridas restantes en el bolsillo de mi pantalón.

Aunque mi hermana y el resto de los Keys se habían asegurado de que mi casa no se cayera a pedazos mientras estaba de gira, siempre había algo que hacer en Red Rivers.

Apenas terminé con mi reparación improvisada, Faye entró en el picadero cercado y examinó a Pokerface, uno de los caballos más seguros de Elli, que le había pedido prestado. La cuerda de guía colgaba suelta sobre su cuello. Si había algo seguro con Pokerface, era que si lo dejabas en algún lugar, simplemente se quedaba allí parado.

Solo cuando Faye dio la vuelta alrededor del caballo, manteniendo una distancia considerable, noté su nuevo atuendo. Llevaba unos vaqueros largos, una camiseta de tirantes blanca y uno de los sombreros de Elli. Las únicas prendas que reconocí de ayer fueron las botas, porque resaltaban increíblemente sus largas piernas.

—Pareces toda una vaquera auténtica —dije impresionado. Una vaquera a la que me habría encantado atrapar con el lazo para arrancarle la ropa inmediatamente.

—¿Tú crees? —Faye parecía sinceramente avergonzada, aunque esta belleza de Montana probablemente recibía cumplidos a diario. *Quiero decir, mírenla, es un deleite para la vista.*

—Lo creo. —Pero antes de empezar a babear, me acerqué a Pokerface y le froté la frente al caballo castaño—. Antes de empezar, deberías conocer a Pokerface.

—De acuerdo. —Se acercó vacilante al caballo castrado—. ¿Me cuentas algo sobre él?

Aunque con "conocer" me refería a algo diferente, un poco de información no vendría mal.

—June los compró a él y a su compañero Joker hace una eternidad, y Elli trabajó con ellos durante meses.

—¿Eran caballos problemáticos? —Faye dio un paso atrás.

—No todos los caballos problemáticos te morderán la mano si intentas acariciarlos —respondí con calma—. Estaban con ella porque tenían un vínculo poco saludable entre ellos. Cuando uno se iba, el otro se volvía loco. Eso era todo. Y como puedes ver, Pokerface está completamente relajado.

Aun así, Faye se negaba a acercarse más al caballo.

¿Cómo se me había ocurrido la idea descabellada de querer enseñarle a montar a Faye? No tenía ni idea de cómo lograría que se acostumbrara a la silla en menos de un mes.

Suspirando, me coloqué detrás de Faye, agarré sus hombros y la empujé poco a poco hacia el caballo.

—Caleb, ¿qué haces? ¡Puedo caminar sola!

—Para eso tendrías que poner un pie delante del otro, y no lo has hecho. Así que te estoy ayudando.

—¡Esto es ridículo!

—¡No! —gruñí—. Lo que tú estás haciendo es ridículo.

Faye me miró horrorizada, y su pequeño y delicado cuerpo se resistió tanto contra mí que cedí para no lastimarla. Lanzarla al agua fría no había sido un buen plan, así que intenté otra cosa.

—Puedes confiar en mí cuando te digo que Pokerface no te hará daño.

—¿Y cómo sé que puedo confiar en ti?

Debo admitir que su respuesta me sorprendió y me hirió por igual.

—¿Alguna vez te he dado motivos para que no confíes en mí?

—No, no lo has hecho.

—¿Y alguna vez he traicionado tu confianza?

—No. —La voz de Faye se hacía cada vez más baja. Sentí cómo su cuerpo se relajaba lentamente.

—No soy un monstruo, y Pokerface tampoco lo es.

Tomé la mano de Faye y la extendí lo suficiente para que apenas rozara el pelaje castaño de Pokerface.

—El pelaje es muy suave —comentó sorprendida.

—Espera a que le acaricies el hocico —dije sonriendo.

—Tal vez más tarde.

Asentí. Aunque avanzábamos a paso de tortuga, no iríamos más rápido si presionaba a Faye.

—¿Y? ¿Es tan malo? —pregunté.

—No, para nada.

Pokerface bajó la cabeza e infló los ollares. Visiblemente disfrutaba de las caricias adicionales.

—Créeme, el resto será pan comido —le prometí a Faye y le di unas palmaditas al flanco del caballo.

Me dirigí hacia la caja de limpieza que estaba bajo la parte reparada de la cerca y agarré una almohaza.

—¿Por qué no cepillamos al caballo en el establo? —Faye ladeó la cabeza y observó el establo que estaba detrás de nosotros.

—Porque primero tengo que poner el establo en condiciones. He estado de gira durante los últimos cuatro años sin parar, mis caballos se han alojado en la casa principal.

—Ya veo —murmuró Faye.

Le lancé la almohaza a Faye, quien la examinó con curiosidad y la sostuvo contra el sol de la mañana para poder observarla desde todos los ángulos.

—¿Qué es esto? —Presionó con cuidado contra las pequeñas y suaves cerdas.

—Realmente no tienes absolutamente ni idea sobre caballos —murmuré pensativo, pero lo suficientemente alto como para que me escuchara.

—¡Te lo dije! —Puso los ojos en blanco y resopló. Maldita sea, estaba a punto de ponerla sobre mis rodillas por eso. ¿Cómo demonios se me había ocurrido que *esto* era un buen plan? Apenas podía controlarme cuando Faye estaba tranquila, pero cuando se ponía tan ardiente e impulsiva... mierda, no debía seguir pensando en eso.

—Esto es una almohaza, con esto empezaremos hoy —expliqué—. Hay diferentes tipos de almohazas, pero no las necesitaremos hoy porque Elli ya lo ha cepillado.

—¿Elli ya lo ha cepillado? ¿Y a los otros caballos también?

Asentí. —Elli cepilla a todos los caballos por la mañana, antes de que salgan al prado.

—Vaya, eso es mucho trabajo. ¿Y por qué lo hace si ni siquiera monta a los animales?

—Por el vínculo. Los métodos de Elli hablan por sí solos.

—Realmente tengo suerte de haberme topado con vosotros.

Si realmente era suerte habermeconocido, eso estaba por verse.

Faye sostuvo la almohaza contra el pelaje de Pokerface, y decidí ayudarla colocándome detrás de ella. Por supuesto, mi ayuda no era del todo desinteresada, pues su delicado cuerpo se presionaba firmemente contra el mío mientras podía inhalar su aroma a lavanda.

—Siempre cepillas en la dirección del pelo —susurré, guiando su mano.

—¿Por qué? —exhaló Faye.

—Porque de lo contrario, cepillaríamos la suciedad hacia el pelaje.

—No, ¿por qué está pasando esto de nuevo?

—Te dije que soy un caballero —murmuré—. No iré más allá.

—Y yo te dije que... —Faye se detuvo. Sabía exactamente cómo se sentía, porque yo me sentía igual. Los pensamientos más contradictorios rugían en mi mente.

La cabeza y el corazón libraban un battle royale, y yo era incapaz de hacer algo, pues no había árbitro que vigilara que no hubiera golpes bajo el cinturón. Para mi desgracia, ambos luchaban con trucos sucios.

—¿Qué dijiste, Faye? —susurré en su oído.

—Olvídalo simplemente.

Faye dio un paso hacia adelante, hacia el caballo del que hace un momento tenía miedo, para aumentar la distancia entre nosotros.

—Tienes razón, deberíamos concentrarnos.

—¡Definitivamente!

—Bien, entonces estamos de acuerdo.

Había otra cosa en la que estábamos de acuerdo. No podíamos negar la atracción entre nosotros, aunque ambos teníamos razones para seguir resistiéndonos.

Mientras Faye cepillaba al caballo, observé atentamente cómo su firme trasero se presionaba contra sus ajustados vaqueros, y cómo sus pechos subían y bajaban con cada respiración.

Cuando un suave gruñido escapó de mi garganta, me di la vuelta antes de que ocurriera una desgracia. Volví a la caja de limpieza y rebusqué un limpiador de cascos, que luego levanté triunfalmente.

—Con esto limpiamos los cascos de suciedad y piedras —expliqué, antes incluso de ver la expresión interrogante de Faye. No tenía idea de cómo había logrado evitar tanto a los caballos precisamente en Montana, pero lo había conseguido.

—Incorrecto, tú limpiarás los cascos de suciedad y piedras —me corrigió Faye seriamente.

—Hoy. Pero solo para mostrarte cómo funciona, después será tu trabajo —repliqué con calma.

Faye tomó aire profundamente, probablemente para protestar, pero una sola mirada mía bastó para que se callara.

Primero me ocupé de los cascos delanteros, luego de los traseros, mientras Faye me observaba desde una distancia prudente.

—¿Lista para tu primera lección de equitación?

—No. Pero empecemos —respondió Faye.

Agarré la silla de montar western que colgaba de la valla y la coloqué sobre el lomo de Pokerface. Finalmente, quité la cabezada y la reemplacé por una brida, volviendo a colocar las riendas alrededor del cuello. Las riendas las usaríamos más tarde, cuando Faye se hubiera acostumbrado a la vista.

—Ahora, sube —le indiqué a Faye con un gesto invitador.

Faye miró alternativamente entre la silla y yo.

—¡Sube, Faye! —Mi tono de mando era inconfundible, y eso era bueno. Si algo había aprendido sobre Faye, era que a veces había que provocar su ira para que se superara.

—¡Está bien, está bien! —ladró en respuesta, pero había logrado mi objetivo. Puso su pie en el estribo, se impulsó hacia arriba y examinó críticamente la nueva vista. No había mejor aire que el que se respiraba sobre el lomo de un caballo.

—Creo que sigo sin que me gusten mucho las sillas.

—No hay nada más cómodo que una silla western bien ajustada, créeme. Hablo por experiencia.

Faye no parecía tan convencida, pues seguía sacando los pies de los anchos estribos, que yo volvía a empujar con las manos.

—Mierda, no tengo idea de cómo enseñarte a montar en tan poco tiempo —dije sacudiendo la cabeza.

—Tú eres el mejor para este trabajo, lo dijiste tú mismo —replicó Faye, en cuyos labios se dibujaba una sonrisa traviesa—. ¿O acaso te has sobrestimado?

—¡Ya te enseñaré quién se ha sobrestimado! —gruñí amenazante.

Los ojos de Faye se agrandaron. —¿En serio?

Ahí estaba de nuevo, esa vibra sexual que hacía que mis vaqueros se volvieran jodidamente apretados. Faye no tenía idea de lo que podía provocar con esas miradas, ¡y nunca debía saberlo!

Para distraerme de las cosas que realmente quería hacer con Faye, me concentré de nuevo en la lección.

—Tus pies deben estar en los estribos.

—¿No puedes simplemente fingir que mis pies están en los estribos? —preguntó Faye meneando los pies.

—¡Sería más fácil si tus pies simplemente estuvieran en los estribos!

—¡No! —Faye inhaló indignada—. Puedes ponerme sobre un caballo gigante, de acuerdo, pero ahora me estás pidiendo demasiado.

Crucé los brazos sobre el pecho.

—Bien, como quieras, pero tarde o temprano tendrás que acostumbrarte a montar con estribos, o no tendrás ninguna oportunidad en el barrel racing.

—Ya veremos cuando llegue el momento.

Me costaba admitirlo, pero aún quedaba un largo camino antes de llegar siquiera a los barriles. Pokerface no parecía perturbado por el caos emocional que se desarrollaba sobre su lomo, o lo disimulaba bastante bien.

—Todavía estoy aterrada, pero la vista es realmente hermosa —admitió Faye. Acarició el cuello del caballo, pero seguía aferrándose al pomo de la silla con la otra mano.

—Si lo haces medianamente bien, te llevaré a lugares donde tendrás una vista *realmente* buena —le prometí.

—Bien, entonces vamos.

—No me lo tienes que decir dos veces. —Tomé las riendas que colgaban sobre el cuello de Pokerface y él comenzó a moverse lentamente.

—¡Alto, para! —gritó Faye. No habíamos avanzado ni un metro.

—¿Qué pasa?

Faye tomó impulso, se deslizó torpemente de la silla y aterrizó tambaleándose en el suelo.

—¡No puedo hacerlo!

—Sí que puedes.

—¡Sea lo que sea que veas en mí, estás equivocado!

Faye quiso marcharse, pero no iba a dejarla ir tan fácilmente. Dejé al dócil caballo castrado donde estaba y seguí a Faye hasta que la alcancé. Pero solo cuando mi mano agarró su hombro, ella redujo la velocidad.

—¡Por Dios, Faye!

Mi agarre en su hombro se hizo más firme hasta que finalmente se detuvo y se dio la vuelta. Sus suaves rizos color canela rozaron mis mejillas. Sostuve su mirada furiosa sin problemas.

—Sé exactamente quién eres, Faye.

—¿Cómo puedes saberlo? —Frunció el ceño y apretó los labios con tanta fuerza que se formaron dulces hoyuelos.

—Porque te calé desde el primer segundo.

—Y tú eres inescrutable —susurró Faye—. Inescrutable *e* impredecible.

—Eso es lo que te atrae de mí. Estarías mintiendo si dijeras lo contrario.

Faye no respondió. ¿Qué podía decir ante este hecho irrefutable?

—Aun así, ves en mí a una persona que no soy, ¿de acuerdo? No soy una vaquera, no soy una chica de caballos. —Faye se iba enfureciendo cada vez más, prácticamente hervía de rabia—. Y aun así, ¡maldita sea, no soy aburrida, ¿de acuerdo?! ¡Tengo cualidades que solo los idiotas no saben apreciar!

¿De dónde venía todo esto de repente? Llegué a la conclusión de que estaba recibiendo una enorme descarga de ira que en realidad se merecía otra persona.

Faye respiró profundamente para decir algo más, pero luego contuvo el aliento, sacudió la cabeza y se marchó furiosa en dirección al rancho.

Esta vez la dejé ir. Se podía discutir conmigo y se podía pelear conmigo, pero yo no era alguien que se disculpaba por los errores de otros. ¡También tenía dignidad, maldita sea!

Capítulo 9 – Faye

Vaya. Era la definición perfecta de exageración, me di cuenta de ello, pero mi orgullo me obligó a seguir adelante. No me detuve hasta que llegué a las primeras vallas frente a la casa principal de Red Rivers.

Por poco se me escapa el motivo por el que no quería volver a Montana. No creía que Caleb usara mi secreto en mi contra, pero sin duda complicaría nuestra relación.

Me dejé atraer al establo por el suave resoplido de un caballo. La mayoría de los boxes estaban vacíos, pero más al fondo descubrí a Troublemaker en el suyo. Con su pelaje dorado, lo reconocería en cualquier parte. Me dirigí decidida hacia el semental y me apoyé sobre la puerta cerrada para poder verlo mejor.

—Hola —saludé al caballo, y de inmediato unos grandes ojos color caramelo me examinaron.

—¡Hola! —Di un respingo del susto, porque no esperaba una respuesta—. Perdona, no quería asustarte.

Elli asomó la cabeza desde el box junto al de Troublemaker, mientras se apoyaba en una horca.

Mi mano seguía sobre mi pecho y podía sentir lo rápido que latía mi corazón. Con toda seguridad, no era por el susto, sino por lo cerca que Caleb había estado durante la clase de equitación.

—No, lo siento yo, no quería andar husmeando por aquí —respondí.

—Eres nuestra invitada, puedes merodear por donde quieras. —Elli hizo una pausa breve—. Excepto quizás por el potrero oeste contiguo. Ahí hay unos toros que Clay dejó para el rodeo, por alguna razón. Tengo un gran corazón, pero esos son unos verdaderos monstruos.

—Vale, bueno saberlo —contesté, fingiendo que había entendido lo que Elli acababa de decir.

—Por un segundo realmente pensé que los caballos podían hablar —cambié el rumbo de nuestra conversación, ladeando la cabeza.

Elli soltó una risita. —No pueden hablar, pero aun así podemos escucharlos.

—¿Ah, sí?

—Claro. —Elli asintió convencida.

—¿Y qué dice Troublemaker?

Elli se asomó entre los barrotes de madera hacia el box de Troublemaker.

—Que le caes bien.

—¿Y cómo lo sabes con tanta seguridad? —pregunté curiosa.

—Sus orejas están giradas hacia ti, lo que significa que te está escuchando. ¿Y ves su pata trasera?

Miré hacia sus patas traseras. Una de ellas estaba tan flexionada que tenía que distribuir su peso en las otras tres patas.

—¿La flexionada?

—Exacto. Los caballos solo descargan el peso de una pata trasera cuando están relajados.

A mi parecer, la posición no se veía muy cómoda, pero me guardé esa opinión para no avergonzarme más con mi falta de conocimiento sobre caballos.

—¿Por qué está Troublemaker en su box y no fuera en el potrero?

—Quiero que el veterinario lo revise una vez más. Aunque no creo que el Dr. Duke haya pasado por alto algo en los dos últimos exámenes, quiero estar completamente segura. —Elli señaló el box de enfrente, donde había un caballo pinto—. Y Tiptoe también recibirá un chequeo de rutina para la competencia. Después podrán salir.

—¿Entonces las cosas no van tan bien con Trouble? —pregunté, apoyándome de nuevo en el box de madera.

—Yo diría que vamos de éxito parcial en éxito parcial.

Admiré en secreto la forma positiva de Elli de decir que todo iba bastante mal en ese momento. Si lo miraba bien, Caleb y yo también íbamos de éxito parcial en éxito parcial, y ni hablar de las clases de equitación.

Troublemaker dejó caer su cabeza y resopló tan fuerte que se formó una pequeña nube de heno y polvo.

—Esa es otra señal de que se siente cómodo ahora mismo —explicó Elli.

—Ojalá los humanos fueran tan fáciles de entender. —Suspiré suavemente, jugando con una brizna seca que se había enganchado en la puerta del box.

—A Caleb también le caes bien —dijo Elli, como de la nada.

—Oh. —De inmediato sentí calor en mis mejillas, porque Elli había dado en el clavo—. En realidad, no estaba hablando de Caleb.

—Por supuesto que no. —Elli me sonrió con picardía antes de volver al box para seguir limpiándolo.

—Pero ya que estamos hablando de Caleb, así por casualidad, ¿cómo lo sabes?

—Es obvio.

—Quizás para ti, pero yo no soy ni susurradora de caballos ni de personas. —Agarré una horca para ayudar a Elli con las tareas del establo. Como Elli solo me sonreía sin decir nada, decidí entrar en más detalles.

—La mayor parte del tiempo, Caleb simplemente me ignora, y cuando no me está ignorando, es un solitario cínico e inaccesible.

—Es cierto, Caleb puede ser algo peculiar, pero te juro por todo lo sagrado que realmente le caes bien.

—¿También lo deduces por la posición de sus orejas? —Fruncí el ceño mientras hurgaba en la paja con la horca.

—Él habla contigo.

—¿*Esa* es la prueba de su favor hacia mí? —Admito que la respuesta fue insatisfactoria y al mismo tiempo planteaba aún más preguntas.

—Sí. —Elli me miró pensativa mientras buscaba las palabras adecuadas—. No sé por qué, pero está así desde la gira de Firehawk hace unos años. Él y su ex deben haberse peleado muy feo.

Vale, así que no era la única con problemas de relación. Reconfortante, pero de alguna manera también frustrante, porque mostraba que el mundo simplemente era cruel.

—¿Y cómo va todo? —preguntó Elli con curiosidad.

—Eh. —En realidad, había esperado que Elli no me preguntara directamente de dónde venía mi interés por Caleb, porque no sabía qué responder. Era atractivo, sí, pero su imprevisible frialdad también me asustaba.

Como Elli no sacaba nada en claro de mi balbuceo, se aclaró la garganta.

—Oh. Puede que mi pregunta sonara mal. —Elli carraspeó—. En realidad quería preguntar cómo te va con el barrel racing.

Mi alivio por no tener que responder la última pregunta duró poco, pues la alternativa tampoco era muy agradable.

—No preguntes —dije frustrada, haciendo un gesto con la mano.

—Ya dije que Pokerface no era el adecuado, no sé por qué Caleb insistió tanto en él —murmuró Elli, negando con la cabeza.

—¡Pokerface es genial! —defendí al bonachón caballo castrado—. El problema soy yo.

—Tal vez debería observarlos en su próxima lección. Solo para asegurarme de que realmente no sea culpa de Pokerface.

—¡No! —exclamé. Y lo hice tan fuerte que Elli casi deja caer la horca del susto.

—Déjame adivinar, ¿solo montarías caos si te observo?

—Exactamente —croé. Me guardé que también montaba caos cuando ella no estaba presente.

—Sé muy bien a qué te refieres. Cuando participé en mi primera competición con Cloud, también estaba increíblemente nerviosa.

—¿Tú? ¿Tú tenías miedo escénico? —Elli manejaba los caballos con tanta soltura y tenía esa confianza impresionante que todas las mujeres envidiaban, que no podía imaginármela con miedo escénico.

—Bueno. Cloud era en realidad un caballo salvaje, yo la convertí en un caballo de rancho, y Clay la entrenó simultáneamente como bronco.

Fruncí el ceño pensativa, y podría abofetearme a mí misma por saber tan poco sobre la vida en el rancho. En realidad, pensaba que un bronco era algo así como un caballo de rodeo, pero difícilmente se podían realizar trabajos de rancho con un caballo que saltaba salvajemente.

—Es una larga historia, pero la versión corta es que tuve que montar con un solo brazo porque el otro estaba vendado. Además, había una crisis de relación.

—¿Fue grave la crisis? —pregunté con cautela.

—June y yo acabamos con seis paquetes de Ben&Jerry's durante una película.

—Ay. Eso suena realmente mal. —Me solidaricé con ella, pues yo también había acabado con innumerables tarros de helado durante mi crisis. Sin mi mejor amiga, que no era del todo inocente en mi dilema.

—Fue horrible. Pero me sobrepuse, y ahora la *Wild Horse Competition* es como mi bebé, por así decirlo. Las competiciones a veces son terriblemente emocionantes, y pueden salir mal muchas cosas, pero después sales con al menos una experiencia más y estás un poco más cerca de tu sueño.

—Y puedes ayudar a una buena causa —añadí.

—Cierto.

Exhalé relajada. Esta conversación era exactamente lo que necesitaba para volver a subirme a la silla. Desde fuera se oía un suave repiqueteo de cascos que se acercaba cada vez más.

—¿Interrumpo? —preguntó Caleb, que traía a Pokerface.

—No, todo bien —respondió Elli, lanzando la horca a la carretilla y llevándola afuera—. Solo le estaba contando a Faye sobre la *Wild Horse Competition*.

El semblante de Caleb se ensombreció al instante.

—¿También los detalles desagradables?

—¿Qué crees? Por supuesto que también los detalles desagradables, de lo contrario mi discurso motivacional habría sido poco motivador.

—No estoy seguro de lo motivador que puede ser ganar una competición a pesar de que el caballo fuera la causa de los problemas.

—¡Oye! Cloud no tiene la culpa de nada, ¿de acuerdo? —Elli bajó la carretilla indignada para poner las manos en las caderas.

—¿Entonces te desmontaste voluntariamente para destrozarte el hombro y la clavícula?

Mi mandíbula cayó. ¿Elli se había caído tan mal del caballo y aun así había ganado la competición? Los Keys eran o mucho más valientes de lo que yo jamás sería, o tenían tendencias suicidas.

Elli hizo un gesto de desestimación. —Fue un accidente, ¿vale? Además, no se destrozó nada, solo fue un golpe.

—¿Te subiste de nuevo a la silla así sin más? —pregunté incrédula.

Mi pregunta desconcertó a Caleb. —Espera, ¿no le dijiste que fue Cloud?

—No. Como ya dije, era un discurso motivacional. Con énfasis en el *era*. —Elli puso los ojos en blanco. Tenía razón, el encanto de su discurso se había desvanecido.

—¿Alguien podría responder mi pregunta? —insistí con cautela. Simplemente no entendía cómo alguien podía volver a montar un caballo después de una caída así, mientras yo no lo lograba.

—Una caída puede ser grave, pero siempre vale la pena volver a subirse a la silla.

—¿Eso es todo? —pregunté decepcionada. Esperaba una respuesta diferente. Una que me convenciera de volver a subirme a la silla.

—Esa es la cruda verdad —respondió Elli.

Cuanto más pensaba en sus palabras, más grande se hacía el significado detrás de ellas.

—¿Todo bien? —me preguntó Caleb, con una mirada elocuente.

—¿Por qué no habría de estarlo? —pregunté, dejando que él mismo respondiera la pregunta.

—Bueno, no tengo idea de qué está pasando entre ustedes, pero no me meteré más —canturreó Elli, y pasó junto a nosotros hacia Pokerface.

—¡No está pasando nada! —respondió Caleb gruñendo, ahogando mi suave "¿Qué podría estar pasando?"

—Vamos un momento al picadero —nos dijo Elli a Caleb y a mí—. Quiero ver cómo se desempeña Pokerface.

En una fracción de segundo, mi parálisis me había inmovilizado por completo. ¡Elli no podía descubrir de ninguna manera que yo era la peor jinete del mundo, y que le había mentido al respecto!

Caleb, a quien le bastó una breve mirada para analizar mi estado. En sus ojos oscuros brilló algo que envió un escalofrío por todo mi cuerpo. Fue tan fuerte que ni siquiera mi parálisis pudo hacer nada contra ello.

—¿No preferirías ver cómo se desempeña Pokerface bajo un profesional? —preguntó Caleb con confianza. Contuve la respiración y formé con mis labios un silencioso *gracias* en dirección a Caleb.

—¡Buena idea, vamos! —respondió Elli y tragó el anzuelo. Agarró de nuevo la carretilla y la llevó afuera hacia el montón de estiércol, antes de seguir a Caleb al picadero.

—¡Yo me quedo aquí! —les grité. Aunque ya podía respirar de nuevo, mis piernas seguían sin responder.

Vaya. Eso estuvo demasiado cerca para mi gusto. Pero el problema no era el problema, sino esa cosa oscura y brillante en los ojos de Caleb era la razón por la que todo mi cuerpo estaba actuando tan locamente.

—¿Tú también lo viste, verdad? —pregunté mirando en dirección a Troublemaker, que masticaba heno con total tranquilidad.

—Claro que lo viste, era imposible no notarlo —respondí a mi propia pregunta en nombre del semental, que resopló una vez más mientras lo observaba sin disimulo.

—¿No te aburres ahí dentro? —Tampoco esta pregunta necesitaba que el semental la respondiera por mí. ¡Por supuesto que estaba aburrido! Si tuviera que estar en un box esperando a que alguien me prestara atención, yo también estaría bastante aburrida.

—Veamos si puedo encontrar algo para distraerte. —Caminé por el establo hasta que me detuve en el cuarto de los arreos. Allí, el aroma del heno fresco se mezclaba con el intenso olor del cuero. Docenas de sillas de montar y bridas colgaban ordenadamente en las paredes. El establo, el cuarto de los arreos, cada centímetro de este lugar era perfecto y correspondía exactamente a mi idea de la vida perfecta en el campo.

Una pequeña parte de mí deseaba no haber tomado el camino equivocado, para no haber descubierto nunca este lugar ni a Caleb. Mi corazón se hacía pesado con solo pensar que algún día tendría que dejar Red River.

Al final del cuarto de los arreos, junto a una oficina, había un pequeño televisor sobre una especie de carrito. *Perfecto.*

—¡Creo que he encontrado algo para ti, Trouble! —grité desde el cuarto de los arreos. Luego empujé el televisor hacia el establo, enchufé el cable de alimentación y lo encendí. Al mismo tiempo, se encendió el reproductor de video y comenzó una grabación de Caleb.

—Bueno, la trama no es muy compleja y supongo que no habrá grandes sorpresas, pero al menos hay imágenes en movimiento —consolé a Troublemaker sobre las poco espectaculares imágenes que mostraban a Caleb trotando por una arena.

Cuando sonó un gong y Caleb y su caballo pinto aceleraron, Troublemaker aguzó las orejas.

Asentí satisfecha, sintiendo que ahora estaba menos aburrido, y me sobresalté cuando de repente Caleb apareció detrás de mí.

—¿En qué estás pensando? —Oh, oh. Caleb sonaba de todo menos de buen humor.

—Pensé que Troublemaker se aburría en su box —respondí de todos modos.

—¿Y realmente crees que a un caballo le interesa un maldito televisor?

—No. No el televisor, sino lo que se muestra en él. —Me di la vuelta y señalé a Trouble, que miraba con curiosidad el televisor—. ¿Ves?

Caleb apretó tanto los dientes que sus músculos de la mandíbula se tensaron visiblemente.

—¡Apaga eso! —me ordenó.

—No.

—¡Lo apagarás ahora mismo!

—¿O qué? —Estaba decidida a defender mi posición, sin importar cuán enojado se pusiera Caleb.

—¡No me desafíes, Faye!

Crucé los brazos sobre el pecho para dejarle claro a Caleb que no podía intimidarme tan fácilmente. Caleb no podía simplemente darme órdenes como le viniera en gana. Pero cuando escuché al locutor elogiar el mejor tiempo de Caleb en el *Firehawk Derby*, cedí. No porque quisiera rendirme, sino porque entendí que no se trataba de mi acción, sino del video que estaba alterando a Caleb.

—Está bien, está bien. Tú ganas —dije conciliadoramente y apagué el televisor.

—No estamos jugando ningún maldito juego, Faye. Ninguno de nosotros puede ganar.

Es cierto, no estábamos jugando juegos, estábamos librando batallas. Sabía que era mejor no preguntar, pero simplemente no pude evitarlo. Si Caleb iba a tratarme así, al menos quería saber por qué.

—¿Qué pasó en el *Firehawk Derby* para que me ataques así?

—Eso no te importa una mierda. —Aunque sabía que su ira no estaba dirigida hacia mí, sus palabras me hirieron profundamente.

—Sí, lo he entendido, algo te hirió bastante allí. ¡Pero eso no es razón para gritarme así!

—¿Y qué hiciste tú conmigo antes?

Me detuve un momento. Primero quise gritarle, pero luego cambié de opinión. La pelea no llevaba a nada, y si era honesta conmigo misma, tampoco quería un conflicto. Quería sus miradas sombrías, el tono oscuro en su voz y la lucha contra nuestra atracción.

—Tienes razón, Caleb. Ahora estamos a mano y podemos volver a hablar como personas civilizadas —dije en un tono conciliador.

—No creo que podamos lograrlo.

—Gracias por tu confianza en nosotros —murmuré.

Caleb me agarró por los brazos y me miró intensamente.

—No habrá un *nosotros*, Faye. Lo sabes tan bien como yo.

Lo único que realmente sabía era que ya no sabía nada. Todo se estaba volviendo loco, y me encantaba.

—¿Cómo puedes estar tan seguro? —pregunté.

—Simplemente lo sé —gruñó Caleb.

—No lo sabes. Pero no es nada nuevo que digas una cosa y quieras decir lo contrario —se me escapó sin querer lo que pensaba.

—Hombres como yo no son compañía para chicas como tú, maldita sea. Deberías irte ahora.

Suspiré fuertemente, porque no se podía discutir con Caleb en este momento. Igual podría haber estado hablando con una pared.

—Bien, me voy. Pero no te hagas ilusiones de que estoy huyendo de mis problemas. ¡Estoy huyendo de *tus* problemas!

Un poco enojada y bastante herida, salí trotando del establo y caminé hacia el sol del mediodía, que podía secar rápidamente mis lágrimas.

Yo era bastante buena reprimiendo y huyendo, pero ¿Caleb? Él era un verdadero campeón en ese campo. *¡Qué idiota!*

Capítulo 10 – Caleb

Faye salió corriendo, y una brisa matutina trajo consigo un suave sollozo que intentaba reprimir sin éxito. Me sentía miserable por haberla ahuyentado, pero no estaba preparado para que sacara a relucir precisamente la competición *Firehawk*. Ese maldito evento que casi me cuesta la carrera.

—No tengo ni idea de qué pasa entre ustedes, pero deberías aclararlo —dijo Elli secamente mientras llevaba a Pokerface al establo.

—No pasa nada —negué lo evidente. El caos emocional era tan intenso que quería volver a cortar leña.

—Por supuesto que no. —El famoso sarcasmo de los Key era inconfundible.

—Lo que sea que creas haber visto, olvídalo, hermanita.

Elli levantó las manos y dio un paso atrás. —Vale, vale. Ya sabía que la cosa iba en serio entre ustedes, pero ¿tan en serio?

Negando con la cabeza, me aparté de Elli sin responder a su pulla. Si algo tenían en común mis hermanas, era que habían heredado la tenacidad de la abuela.

Intenté ignorar el tema, pero mi hermana pequeña no se rendía tan fácilmente.

—A Faye le gustas mucho.

—¿Y tú cómo lo sabes? —Crucé los brazos sobre el pecho sonriendo. Elli era realmente buena observadora, pero Faye y yo parecíamos ser su punto ciego. Los sentimientos que Faye despertaba en mí estaban muy bien, pero nuestro comportamiento hablaba un idioma completamente distinto. Cualquiera podía ver que entre nosotros volaban chispas en cuanto uno de los dos abría la boca.

Elli me miró con una mezcla de decepción y asombro.

—Porque ella me lo dijo, idiota.

Debo admitir que no esperaba un hecho tan irrefutable.

—¿Han hablado de mí? —indagué. No quería parecer un chismoso, pero tenía una curiosidad enorme por saber qué más había dicho Faye sobre mí.

—Vaya... Te gustaría saberlo, ¿eh?

—Sí —respondí secamente.

Mi hermana era consciente de cómo generar tensión mientras quitaba silenciosamente la silla del lomo de Pokerface y la colocaba sobre la puerta cerrada del establo a su lado.

—Nop. —Elli puso las manos en las caderas y negó claramente con la cabeza—. Si quieres saber lo que piensa de ti, ¿por qué no se lo preguntas?

—Tampoco es tan urgente —me desentendí y estaba a punto de irme. Era una pérdida de tiempo seguir insistiendo. Si Elli no quería soltar prenda, haría falta una paciencia increíble y una cantidad infinita de helado.

—¡A ti también te gusta ella! —canturreó Elli con voz aguda para hacerme parar. Funcionó.

—¿Y de dónde sacas eso ahora? ¿Hemos hablado de ello y no me he enterado? —Elli no era la única que dominaba el inconfundible cinismo de los Key.

—No. Pero hablas con ella. —Me miró con complicidad y luego cogió un cepillo del establo. El entrenamiento en la pista polvorienta había dejado mucha arena en el pelaje.

Me incliné desde el otro lado sobre el lomo del caballo para presentar mi contraargumento.

—La gente habla entre sí, ¿qué clase de prueba es esa? Al fin y al cabo, nosotros también hablamos. Ahora mismo, por ejemplo.

—Sí, hablamos porque somos familia. Pero sabes perfectamente a qué me refiero.

—No, no lo sé —gruñí.

Elli resopló irritada. —Sí que lo sabes. Y no voy a empezar a hablar de que no hablas con ninguna mujer durante más de cinco minutos.

—Antes de llevármela a la cama —completé su frase.

—Antes de llevártela a la cama. ¡Exactamente a eso me refiero!

Maldita sea, sin querer le había dado argumentos a mi hermana. Y tenía razón. Hacía una eternidad que no le mostraba mi verdadero yo a una mujer, pero había una buena razón para ello.

—Hazme un favor, hermanito. Esta es tu oportunidad de tener una vida feliz, no la eches a perder. —Elli me dio una palmada amistosa en el hombro.

Más fácil decirlo que hacerlo.

Si las cosas fueran tan sencillas como Elli las imaginaba, sería diferente. Pero ¿así? Con todo este caos, todos estos sentimientos contradictorios, era imposible saber cómo no estropearlo. Además, Faye y yo teníamos nuestros propios planes. Yo quería seguir hacia Nashville después, y ella volver a Montana, no había lugar para un *nosotros*.

—¿De dónde sacó la película? —pregunté más para mí mismo que a mi hermana, para distraerme de los abrumadores sentimientos que me dificultaban respirar.

—Bueno. Eso es algo complicado —dijo encogiéndose de hombros.

Me volví hacia ella y arqueé una ceja.

—¿Acaso es obra tuya?

—Culpable. —Elli puso cara de cachorro, capaz de derretir una piedra, pero mi fachada ni siquiera se agrietó—. Quería comparar algunos videos. Ya sabes, cosas de susurradores de caballos.

Mi hermana nunca analizaba las cosas sin motivo, por lo que una sensación de inquietud se extendió por mi estómago cuando miré a mi yegua, que levantaba las orejas con curiosidad.

—¿Está todo bien con Tiptoe?

—Sí, todo perfecto —respondió Elli apresuradamente.

—¿Y entonces por qué tus susurros de caballos?

Elli se encogió de hombros, intentando así salir de la situación, pero no iba a dejarla escapar tan fácilmente.

—Suéltalo ya, Elli.

—Con Tiptoe está todo bien de verdad, pero tú has cambiado.

—No lo he hecho —dije, haciendo un gesto desdeñoso con la mano—. Además, desde *Firehawk* he conseguido más victorias que nunca.

—Y con cada trofeo te vuelves más pesimista.

Me mordí la lengua para no hacer el siguiente comentario, porque no podía negar la teoría de Elli. Por supuesto que había cambiado, pero eso le pasaba a todo el mundo en algún momento.

—Mejor ocúpate de tus caballos salvajes —gruñí.

—Soy una experta en multitareas —respondió, y luego tomó un limpiador de cascos y comenzó a limpiar los cascos de Pokerface.

Pasé junto a ellos dos hacia el exterior y aparté la cara de los cegadores rayos del sol que me quemaban la piel. Por el rabillo del ojo vi a Faye, que marchaba furiosa por uno de los corrales.

—¿Qué hace Faye en el corral sur?

—¿Tal vez ver los toros que mencioné? —respondió Elli a mi pregunta.

Fruncí el ceño. —¿*En* el corral sur? ¿Desde cuándo hay toros en Red Rivers?

El jadeo de mi hermana no presagiaba nada bueno.

—¡Clay ha dejado allí toros para el rodeo!

¡Maldición! Sin pensarlo más, volví al establo y ensillé a Pokerface de nuevo. El solo pensamiento de que ella estuviera encerrada con esos monstruos enormes y agresivos hizo que mi pulso se acelerara. La sangre corría tan rápido por mi cuerpo que mis sienes latían dolorosamente.

—¡Date prisa, Caleb! —me gritó Elli con pánico.

—¿Qué crees que estoy haciendo? —pregunté. Ensillar llevaba mucho tiempo, pero aún menos que perseguir a Faye a pie por todo el corral.

—Vamos, viejo amigo —le dije al pobre caballo castrado, que no entendía el caos a su alrededor, pero me seguía de buen grado fuera del establo.

Me lancé sobre la silla y di gas a fondo. Para no perder más tiempo, no frené en la puerta del corral, sino que salté la valla.

—¡Faye! —grité contra el viento—. ¡Faye, detente, maldita sea!

O no me oía, o no me hacía caso. En cualquier caso, me ardían las puntas de los dedos por darle una buena zurra.

Aunque galopábamos por el pasto con cascos tronadores, nos acercábamos lentamente a Faye, que caminaba despreocupadamente hacia un peligro enorme.

Los toros, como la mayoría de las vacas, eran en realidad animales tranquilos, pero los toros de rodeo eran verdaderos monstruos que solo esperaban para empalar algo, o a alguien, con sus cuernos afilados.

—¡Faye! —grité hasta quedarme sin alma, hasta que por fin se dio la vuelta. Quería advertirle, pero ya era demasiado tarde. Desde lejos, dos docenas de toros enloquecidos se precipitaban hacia Faye, que poco a poco también comprendía lo seria que era la situación.

Si salíamos ilesos de esto, ¡le iba a dar una buena zurra! ¡Era una promesa! Huir de mí era una cosa. Pero marchar por puro desafío hacia bestias enloquecidas era simplemente estúpido.

Faye no podía cuidarse sola en el campo, pero para eso estaba yo ahora. Mis métodos probablemente no serían de su agrado, pero me daba igual, porque eran efectivos.

Los toros seguían galopando hacia Faye, que aparentemente aún no había captado la gravedad de la situación. Porque en lugar de correr hacia mí, plantó ambas piernas en el suelo y se quedó como clavada.

Dios mío, Faye. Eran salvajes de toneladas de peso, con cuernos afilados, que corrían hacia ella. ¿Era realmente demasiado orgullosa para darse cuenta de lo peligroso que era?

—¡Sal de ahí! —le ordené. Solo cuando el pánico en mi propia voz se hizo inconfundible, cambió su postura corporal.

Considerando que había exigido todo de Pokerface en la plaza, el castaño se estaba portando valientemente. Dio todo lo que tenía, y con más suerte que juicio, logramos alcanzar a Faye justo antes que los toros.

—¡Caleb! —gritó ella con pánico.

—¡Te tengo! —respondí y extendí mi brazo. En el siguiente momento la alcancé, agarré su brazo y la subí hacia mí, de modo que quedó tumbada boca abajo sobre mi regazo. Solo un segundo después, los toros llegaron al lugar donde Faye había estado parada.

En el frenesí de la adrenalina, seguimos galopando por el corral, incluso cuando los toros ya no nos perseguían. Faye se aferraba a la silla con sus manos, mientras yo la sujetaba con una mano por los muslos. Tengo que admitir que solo por esto había valido la pena la revuelta de Faye, al menos para mí. Para ella, la posición era bastante incómoda, y además humillante. Pero Faye no se merecía otra cosa.

Solo cuando llegamos al otro extremo del corral, dejé que Pokerface se calmara. Pasaron unos segundos hasta que Faye se dio cuenta de que el peligro había pasado.

—Gracias —dijo tan bajito que apenas me llegaron sus palabras.

Maldita sea, tenía muchas ganas de volver a ponerla sobre la silla y darle unos azotes, pero primero teníamos que alejarnos de los locos toros de Clay.

—¿Te has vuelto completamente loca? —pregunté en un tono serio—. ¡Sabías que el corral sur estaba prohibido!

—Eso sí —murmuró Faye. Se frotó el brazo con vergüenza y no se atrevió a mirarme a los ojos—. Pero no dónde está el sur.

No tenía ni idea de qué responder a eso. Faye realmente no tenía ni la más remota idea de cómo sobrevivir aquí.

—¡Ven conmigo! —gruñí y le puse las riendas de Pokerface en la mano.

Abrí la puerta del corral y señalé la pequeña hilera de árboles frente a nosotros. Faye avanzó insegura, y después de cerrar la puerta de nuevo, la seguí.

—Lo siento, ¿de acuerdo? —Faye seguía hablando tan bajo que apenas la entendía.

—Todavía no, pero créeme, lo lamentarás.

—¿Qué quieres decir? —Sus ojos se hicieron enormes.

—Ya lo verás.

Pero primero liberé al caballo castaño de la silla y la brida; el castrado realmente se merecía un descanso. Dejé la silla sobre un árbol caído cuyo tronco atravesaba la alameda de árboles y arbustos donde nos encontrábamos. Aquí estábamos protegidos de miradas indiscretas por todos lados.

Pokerface caminó unos pasos más hacia la sombra, se tiró al suelo y se revolcó en seco, mientras yo atravesaba a Faye con miradas serias y tortuosamente largas.

—Caleb, lo siento mucho. ¡Nunca, jamás volveré a entrar en el pasto del sur!

—Eso te lo creo. Sin embargo, estoy casi seguro de que te meterás directamente en la siguiente tontería si no lo evito.

—¡Me portaré bien! —juró Faye. Me encantaba la expresión en su rostro. Se mezclaban la confusión y la curiosidad. Y también tenía que admitir que disfrutaba cómo el pánico en su voz crecía con cada frase.

Sin una palabra de explicación, abrí la hebilla de mi cinturón y lo saqué de los pantalones.

—Caleb, por favor, no te enfades.

No estaba enfadado. En realidad, estaba bastante contento de que Faye me hubiera desafiado a vivir mis inclinaciones más profundas con ella.

—Te doy una última oportunidad para huir —murmuré. De todos modos, no era un juego justo entre nosotros, pero Faye tenía que saber en qué se metía si se quedaba conmigo.

—¿Qué quieres decir con eso? —preguntó inocentemente, inclinando ligeramente la cabeza hacia un lado. Sus labios permanecieron ligeramente abiertos, y me costó toda mi fuerza de voluntad no abalanzarme sobre ella.

—Si te vas ahora, te dejaré en paz, viviremos nuestras vidas y actuaremos como si la atracción entre nosotros nunca hubiera existido.

—¿Y si me quedo?

—Entonces dejaré de luchar contra esta atracción. Me aseguraré de que no hagas más tonterías y, en el raro caso de que lo logres, te sacaré esas ideas de la cabeza. Pero debería advertirte, tengo métodos bastante *poco convencionales* para ello.

La parte racional de mí esperaba que Faye aceptara mi oferta, pero la parte irracional se enfurecía porque ya sabía qué había decidido Faye. Su mirada lo decía todo.

—Ambos sabemos que no podemos luchar contra esto, sin importar cuánto nos esforcemos. Entonces, ¿por qué posponer más lo inevitable? Me quedo —respondió con voz firme.

—Bien. Entonces ahora vamos a tener una seria charla sobre por qué no deberías salir corriendo a ciegas.

Faye tragó visiblemente cuando doblé el cinturón por la mitad y luego lo tensé. Pero sus ojos revelaban que solo una pequeña parte de ella tenía miedo; la mayor parte anhelaba ser puesta en su lugar. Y yo estaba más que feliz de cumplir ese deseo.

Capítulo 11 – Faye

Vaya. Me había quedado sin palabras, confundida y más excitada que nunca en toda mi vida. ¿Era por la adrenalina? ¿O por las miradas intensas que Caleb me lanzaba desde que me había salvado de las vacas desbocadas?

—Bien. Ahora vamos a tener una seria conversación sobre por qué no deberías salir corriendo a ciegas —murmuró Caleb. Luego tensó el cinturón en su mano, y me quedé sin aliento al imaginar lo que pretendía hacer con él.

—¡Quítate los pantalones! —me ordenó con voz calmada.

Obedecí su orden, abrí mis pantalones y dejé que los ajustados vaqueros se deslizaran hasta mis tobillos. Era la situación más humillante en la que me había encontrado jamás, y yo fui... hace dos meses... una nueva y ardiente oleada pulsó por mi cuerpo, sacándome de mis pensamientos. Caleb se desabrochó la camisa para mostrarme su torso tonificado y perfecto.

Colocó su camisa sobre el tronco caído a mi lado. Observé fascinada cómo caminaba a mi alrededor para examinarme.

—Desnúdate completamente, quiero ver tu cuerpo —susurró en mi oído desde atrás. ¡Cielos, vendería mi alma sin condiciones por ese tono de voz!

—Alguien podría vernos —respondí en voz baja.

—Es cierto.

Miré alrededor. Estábamos en un bosquecillo, más o menos del tamaño de la pista de equitación donde Caleb me había entrenado. Delante y detrás de nosotros había árboles, arbustos y otra vegetación, pero no era realmente opaco.

—¿Prefieres huir de mí? Última oportunidad. —Caleb me miró como si ya supiera mi respuesta. No podía huir ni de él ni de la atracción entre nosotros. Y si era honesta conmigo misma, ya no podía resistirme desde que había visto de cerca su fuerte torso desnudo.

Me quité la camiseta de tirantes y la dejé caer al suelo, casi desafiante, porque Caleb dudaba de mis intenciones. No había duda de que lo deseaba; solo el lugar me hacía dudar. Dudas excitantes que solo alimentaban aún más el ardor en mi bajo vientre.

—Todo —exigió Caleb, sonriendo diabólicamente.

Me quité el sujetador blanco y sin adornos y lo dejé caer al suelo también. Cuando mis dedos tocaron el borde de mis bragas, dudé un momento. Solo cuando miré a Caleb a los ojos y me aseguré de que era la calma personificada, dejé caer también esta última prenda. Confiaba en Caleb, no me enfrentaría a ninguna situación que no pudiera manejar, lo había demostrado antes. Caleb podría haber dejado al descubierto mi secreto porque estaba enfadado conmigo, pero no lo hizo.

—Eres tan hermosa, Faye —murmuró Caleb. Caminó una vez más a mi alrededor para contemplar mi cuerpo desnudo. Se tomó su tiempo, y cuanto más me dejaba así de pie, más inquieta me ponía. Mi centro pulsaba, y no podía negar que el deseo se manifestaba entre mis piernas.

—¡Por favor, tómame ya! —supliqué. Incluso reuní el valor para mirarlo directamente a los ojos. Pero Caleb no perdió la calma.

—¿Quién se está impacientando?

¡Yo! Yo me estaba impacientando, porque nunca había sentido nada parecido y tenía la sensación de estar ardiendo por dentro.

—Primero debería darte una muestra de lo que te espera si no eres una buena chica.

Su voz profunda sonaba como un peligroso trueno. Todos los instintos gritaban que debería huir del peligro, pero mi corazón exigía algo completamente diferente, y eso era lo único que me daba algo de miedo.

—De acuerdo —di mi consentimiento de nuevo, aunque Caleb ya no lo necesitaba. Me había entregado a él porque había rechazado la posibilidad de huir. Pero estaba cansada de huir siempre.

—Deberías quitarte también los zapatos —dijo Caleb. Pero antes de que pudiera reaccionar, se acercó a mí, me cargó sobre su hombro y él mismo me quitó los zapatos, junto con los pantalones y las bragas.

Jadeé, incluso me resistí, pero su fuerte agarre me mantuvo imperturbable en el lugar. Con eso, Caleb no solo me había quitado mi última prenda de ropa, sino también parte de mi dignidad. Estaba completamente desnuda sobre su hombro. ¡Afuera, en la naturaleza, donde cualquiera podía vernos!

Me mareé ante la idea, pero todo mi cuerpo opinaba lo contrario. El deseo que pulsaba por mi cuerpo era innegable, al igual que el anhelo de más.

—¿Qué vas a hacer? —pregunté emocionada cuando Caleb se puso en movimiento.

—Voy a castigarte —respondió con frialdad.

—¿Castigarme? —El pánico en mi voz era inconfundible.

—Bien, me has entendido.

Admito que pensé que el cinturón de cuero era solo para aparentar, pero por lo que parecía, Caleb lo había dicho totalmente en serio. *Oh, Dios.*

Caleb se sentó en el tronco y me colocó atravesada sobre su regazo. Su camisa me protegía de posibles astillas, pero mi trasero estaba indefenso, elevado. Desde mi posición no tenía buena visibilidad de lo que Caleb hacía, pero sentía cada movimiento de su cuerpo.

Su mano acarició suavemente mi espalda, bajando por mi columna vertebral hasta mi trasero. De nuevo, Caleb se tomó su tiempo para explorar cada centímetro de mi cuerpo, lo que me ponía cada vez más inquieta. Cada vez que estaba a punto de tocar mis zonas más sensibles, yo suspiraba de deseo, y cada vez que hacía exactamente eso, su mano se movía hasta arriba, hasta mis omóplatos.

No estaba segura de si esto era parte de mi castigo, pero ciertamente se sentía así. Caleb elevaba mi deseo a esferas desconocidas hasta ahora, por lo que lo odiaba y amaba al mismo tiempo.

Un tirón recorrió todo su cuerpo cuando metió una mano en el bolsillo de su pantalón para sacar algo.

Entonces colocó primero mi brazo izquierdo y luego el derecho detrás de mi espalda. Cuando notó mi ceño fruncido, lo vi sonreír sombríamente por el rabillo del ojo.

—Prometiste quedarte, así que te ayudo a cumplir tu promesa.

No me quedó sin explicación, porque en el siguiente momento algo duro se enroscó alrededor de mis muñecas, apretándose cada vez más. Inmediatamente me vinieron a la mente las bridas que Caleb había usado esta mañana para reparar la valla, y mi corazón latió aún más rápido.

No debería tentar al destino, pero justo cuando pensaba que no podía haber nada que superara la humillación y la devoción, Caleb lo llevó un paso más allá. Y mi cuerpo reaccionó de manera impredecible, porque todo gritaba por *más*. Todavía no tenía idea de cuán duro sería el castigo de Caleb, pero ya sabía que me esforzaría mucho por seguir siendo una chica mala.

—Puedes gritar todo lo que quieras, aquí afuera nadie nos escuchará —murmuró Caleb. Quería protestar diciendo que no oiría ni un solo sonido salir de mi boca, pero cuando el primer golpe me tomó desprevenida, sí aullé. El cuero chasqueó contra mi piel, y donde impactó, dejó un dolor ardiente.

—Buena chica —gruñó Caleb. Si no lo supiera mejor, habría apostado a que había leído mis pensamientos y solo me estaba elogiando por eso, aunque no escuché burla en su voz.

Estaba mejor preparada para el siguiente golpe, que cayó aproximadamente un dedo por debajo del anterior. Caleb se esforzaba mucho por no dejar ni un centímetro de mi trasero sin golpear, y cada vez que golpeaba un lugar que ya estaba enrojecido, el impacto se sentía tres veces más fuerte. No quería huir, pero si no estuviera atada, tal vez lo habría hecho. No estaba preparada para tantas emociones. Porque cada golpe desencadenaba una ola gigante en mi cuerpo que cosquilleaba hasta la punta de mis dedos. ¡Si Caleb seguía así, tendría mi primer orgasmo antes de que siquiera se acercara a mis lugares más sensibles!

—Supongo que nadie le ha azotado el trasero antes, ¿verdad? —preguntó Caleb entre dos golpes.

—¡No! —respondí, negando con la cabeza.

—Entonces ya es hora —replicó. Y, desinteresado como era, se ocupó ahora de que mi trasero fuera debidamente azotado.

No respondí nada, sino que me concentré en no gritar. Solo porque me estuviera castigando no significaba que tuviera que darle todo lo que quería de inmediato; me guardaba mis gritos para mí. Al menos hasta que Caleb realmente quisiera oírme gritar. Nada le impedía golpearme más rápido o más fuerte, hasta que no fuera más que fuego, lujuria y gritos.

No había contado, pero no cabía duda de que mi trasero, gracias al cinturón de cuero, brillaba de un rojo intenso.

Caleb dejó el cinturón a un lado, y permití que mi cuerpo se relajara, pensando que el castigo por fin había terminado. Pero me había equivocado. Así como yo me había propuesto no gritar más, Caleb se había propuesto arrancarme gritos.

Mientras una mano seguía presionando mi espalda firmemente contra su muslo, la otra frotaba la piel sensible de mi trasero. Los suaves toques de sus dedos se sentían tan intensos como los golpes con el cinturón de cuero. Todo estaba tan sensible que podía sentir claramente incluso su respiración, así como los rayos del sol de verano que brillaban a través de las copas de los árboles hacia nosotros.

Mi cuerpo temblaba de excitación y se retorcía de deseo. Sin embargo, Caleb me mantenía en mi lugar, por lo que no me quedaba más remedio que soportar lo que tenía planeado para mí, hasta que tal vez obtuviera lo que tanto anhelaba.

Su mano abierta palmeaba mi trasero, hasta que los golpes se volvieron cada vez más fuertes, y finalmente le di lo que quería. Grité. Pero no de dolor, sino de lujuria, que necesitaba ser saciada antes de que el fuego en mi interior me consumiera.

—¡Por favor! —supliqué.

—¿Por favor qué? —preguntó Caleb, sin disminuir el ritmo de sus golpes.

—¡Por favor, quiero más!

Caleb hizo una pausa breve, y me pregunté qué le había sorprendido de mi respuesta, pero después de reanudar su ritmo, volvió a poner esa expresión impenetrable que tanto me fascinaba.

—¿Quieres más? —Su pregunta sonó oscura y ominosa, y tan seductora que nunca antes había deseado algo con tanta intensidad.

Su mano acarició mi trasero, bajando hacia mi humedad. Gruñó, porque ya no era un secreto que su castigo había dejado más huellas.

—Tengo la sensación de que te gusta ser castigada —dijo Caleb con voz tranquila y ronca.

Asentí gimiendo. La realidad no era nada, absolutamente nada, comparada con lo que me había imaginado con Caleb cuando estaba afuera cortando leña.

—¿También te gusta ser mi buena chica?

—¡Oh Dios, sí! —*Su buena chica.* No había nada que quisiera ser más que eso.

Dos de sus dedos se introdujeron en mí, mientras su pulgar circulaba mi clítoris, lo que me hizo gemir.

—La primera parte de tu castigo está terminada, y ahora sé una buena chica y grita una vez más para mí.

Sus dedos masajeaban mi punto más sensible, y era solo cuestión de segundos antes de que explotara. Todo mi cuerpo anhelaba ser devorado por Caleb.

—Por favor, tómame —supliqué. Quería correrme mientras me tomaba. Duro, profundo, áspero, exigente, dominante, y tan impredecible como él mismo.

—Tienes que ganarte mi polla primero —murmuró Caleb, y no me quedó más remedio que explotar.

¡Y vaya si exploté! Todo se volvió negro ante mis ojos y solo vi estrellas, mientras olas hormigueantes me llevaban cada vez más lejos.

Caleb se había precipitado sobre mí como un tsunami, y pasó una eternidad antes de que las olas comenzaran a disminuir lentamente.

Mientras tanto, Caleb seguía sujetándome, observando fascinado los pequeños temblores que se extendían desde mi vientre hasta todo mi cuerpo.

—Buena chica —dijo Caleb con orgullo, antes de sacar una navaja simple de su bolsillo para cortar la brida. Sorprendentemente, al principio no me sentí libre, sino algo perdida. No sabía qué hacer con tanta libertad que en realidad no quería.

Sin esfuerzo, Caleb me puso de pie, pero mantuvo su brazo alrededor de mis hombros hasta que mi postura se volvió más estable. Este orgasmo había barrido cada pensamiento claro de mi mente.

Algo avergonzada porque yo seguía desnuda y Caleb vestido, recogí mis cosas y me vestí.

—Gracias, por cierto, por el rescate.

—¿Qué esperabas de mí? ¿Que te dejara sola en medio de una manada de toros de rodeo?

Negué con la cabeza. —No, no me refiero a eso. Me refería a antes, cuando Elli quería verme montar. Estabas tan enojado que tenías todo el derecho de...

Antes de que pudiera terminar mi frase, Caleb me interrumpió poniendo sus dedos sobre mis labios.

—Prometí guardar el secreto. No sé cómo será en Montana, pero aquí los hombres honorables aún cumplen su palabra.

Le sonreí agradecida. Y sí, Caleb era un verdadero caballero a mis ojos, lo cual no estaba en absoluto reñido con las nalgadas.

—¿Qué has aprendido hoy? —me preguntó Caleb mientras levantaba la silla de montar del tronco.

—Que no debo correr por los corrales así como así —respondí avergonzada.

—¿Y qué más? —insistió Caleb.

—Que me castigarás si hago tonterías.

—Bien. —Caleb asintió satisfecho—. Texas puede ser malditamente peligroso para chicas como tú.

—¡Me he dado cuenta! —asentí, echando un vistazo rápido a la valla que nos separaba de las bestias que casi me habían atrapado.

—¿De qué estabas huyendo, de todos modos? —preguntó Caleb mientras ensillaba a Pokerface. Caleb estaba tan de espaldas a mí que su sombrero proyectaba una enorme sombra sobre su rostro. En combinación con su torso ancho y aún desnudo, era una vista peligrosa que me derretía.

—¿Faye?

Me sobresalté cuando Caleb me pilló observándolo. Rápidamente me pasé el brazo por la boca, creyendo que había babeado.

—Simplemente estaba enojada. Y realmente pensé que a Trouble le gustaría si encendía la televisión.

—No, antes de eso. ¿Por qué huiste del picadero? ¿Por qué querías escapar de Merryville? ¿Por qué demonios huiste de Montana?

Caleb me miró expectante, pero el brillo oscuro había desaparecido de sus ojos. Sabía que nuestro *juego* había terminado y que no le debía nada, pero aun así quería decirle la verdad. Había relacionado correctamente que todas estas cosas estaban conectadas.

—¿Puedo confiarte un secreto?

—Por supuesto.

Caleb ya había demostrado lo bien que podía guardar secretos, por lo que quería confiarle también mi segundo gran secreto. El único problema era que no sabía si podría expresarlo. No había hablado de ello con nadie, ni siquiera con mis padres, que se habían enterado por su cuenta.

—Tienes que jurar que nunca lo usarás en mi contra —exigí muy seria. Caleb me miró pensativo antes de responder.

—Lo juro.

Me llevó una eternidad encontrar el valor para decir las cosas de las que había estado huyendo durante dos meses seguidos.

—Me dejaron plantada en el altar.

Caleb me miró conmocionado.

—¿Ibas a casarte hace dos meses?

—¡Cielos, no!

Mi manager me había presionado durante mucho tiempo, pero nunca había llegado a más que un compromiso a medias.

—Era la boda de mi mejor amiga —expliqué. Pero en el rostro de Caleb se dibujaban cada vez más signos de interrogación.

—Tienes que explicarme eso con más detalle —exigió.

—No sé exactamente por dónde empezar —comencé y suspiré—. En resumen: cuando el pastor preguntó si alguien de los presentes se oponía al matrimonio, Luke se puso de pie.

Caleb me miró atónito y se frotó las sienes.

—¿En serio?

—Sí. —Intenté no dejar ver cuánto me había herido la situación, pero era evidente. Esta doble traición me volvió a clavar una espina en el corazón.

—Qué imbécil total. —Caleb me miró profundamente a los ojos—. Nunca te mereció si te deja caer así.

Me encogí de hombros, incapaz de decir nada.

—¿Sabes qué creo? —preguntó Caleb. Su voz estaba alterada y su ira era evidente—. Creo que esos dos se merecen el uno al otro. Un tipo que te deja caer, una mejor amiga que te apuñala por la espalda. Alégrate de haberte librado de ellos, Faye.

No lo había visto de esa manera. Hasta ahora solo había llegado a la traición, pero nunca más allá. Me había librado de ellos y, para ser honesta, ni siquiera los echaba de menos.

Como seguía mirando al suelo sin expresión, Caleb levantó mi barbilla con el pulgar y el índice.

—No sé adónde nos llevará esto, pero te juro por lo más sagrado que nunca te dejaré caer.

—Gracias —susurré. No dudaba de la sinceridad de sus palabras. Al contrario, su reacción me dejó sin aliento—. ¿Y qué hay de ti? Ahora conoces todos mis secretos, pero yo prácticamente no sé nada sobre ti.

—Este es mi mayor secreto —respondió Caleb—. Podría costarme la reputación si saliera a la luz.

—Pero eso no es todo. —Pude ver que Caleb tenía algo más en mente que no estaba revelando.

—No. Pero esa es otra historia.

—De acuerdo. Entonces deberíamos volver ya, Elli debe de estar preocupada.

Me costó toda mi fuerza de voluntad no insistir sobre lo que Caleb aún ocultaba, pero logré contenerme porque él había tratado mi secreto con el mismo cuidado.

—Ah, Elli seguramente vio cómo te subí a la silla —Caleb le restó importancia con un gesto—. Pero tienes razón, deberíamos volver a Red River, aún queda la segunda parte de tu castigo.

—¿Segunda parte? —El calor subió inmediatamente a mis mejillas.

—¡Monta! —me ordenó secamente, sosteniendo las riendas de Pokerface y señalando la silla.

—Pero... —Me froté simbólicamente el trasero adolorido.

—Ese es precisamente el punto —replicó Caleb—. Y ahora sube, ¿o quieres provocar una tercera parte?

Oh. Dios. Mío. ¿En qué me había metido? ¿Y por qué no me arrepentía ni un segundo de ello?

Capítulo 12 – Faye

Me removía inquieta en la silla mientras los tejados del rancho se acercaban con una lentitud agonizante.

—¿No podrías haberme avisado? —le pregunté a Caleb, contrariada.

—No me digas que no te lo merecías —respondió él con una sonrisa, dándome una palmada en el muslo que provocó nuevos temblores por todo mi cuerpo.

—Sí —murmuré tan bajo que nadie más pudiera oírlo. Que Caleb me azotara el trasero y hablar de ello eran dos cosas completamente diferentes.

—¿Cómo dices? —Caleb me sonrió con malicia, y si no hubiera estado ocupada aferrándome con ambas manos al pomo de la silla, le habría saltado al cuello.

—Dije que ya he aprendido suficientes lecciones por hoy.

—Cierto.

Con cada paso, Pokerface me recordaba mi última lección. Todo mi bajo vientre hormigueaba con solo mirar en dirección a Caleb. Caminaba cerca de mí y de Pokerface, y debía admitir que estaba tan distraída que montar me molestaba mucho menos que esta mañana. Al contrario, incluso empezaba a descubrir las primeras ventajas que ofrecía el lomo de un caballo. Tal vez se debía a que no tenía que meter los pies en esas trampas mortales llamadas estribos, o quizás al ardor de todo mi cuerpo que simplemente no cesaba.

—¿Cómo es que estás tan poco en Merryville? —le pregunté a Caleb para distraerme de la fricción adicional.

—Voy tras los premios en metálico —respondió, arrancando una espiga de trigo mientras caminaba y poniéndosela en la boca, al estilo vaquero.

—Suena bastante solitario. —Observé a Caleb pensativa, preguntándome cuánto tiempo llevaba viviendo así y si su corazón a veces dolía de nostalgia.

—No es diferente a lo que tú haces.

Fruncí el ceño.

—¿Te refieres a mi huida de la boda del horror? Solo para que conste, mi fuga fue bastante solitaria hasta que acabé varada aquí.

Pensar en Luke, Katy y su deserción conjunta aún me entristecía, pero ya no dolía tanto. No desde que había conocido a Caleb.

—No, hablo de tu música.

—Oh. —Mis mejillas se sonrojaron ligeramente por haber malinterpretado totalmente su pregunta. Luego me aclaré la garganta, me enderecé en la silla y sacudí la cabeza—. No es cierto, hay una gran diferencia entre tú y yo.

—¿Ah sí? ¿Y cuál sería? —Caleb enganchó ambos pulgares en su cinturón, lo que me provocó un agradable escalofrío por la espalda.

—A ti te espera Red River. A mí solo me espera una ciudad gélida que incluso en pleno verano apenas alcanza los veinticuatro grados de máxima. —Para dar más énfasis a mi explicación, hice un gesto con la mano en todas direcciones.

—Eso es discutible.

—No. —Sonreí triunfalmente porque Caleb no podía rebatir eso. Al menos eso pensé, pero me equivoqué.

—Si te gusta tanto, ¿por qué no te quedas aquí? —Contuve la respiración e intenté descifrar en su expresión impenetrable cuán en serio lo decía Caleb. Y luego escuché en mi interior para averiguar cuán dispuesta estaba a aceptar su oferta.

—Tony se volvería loco si me quedo tan al sur —rechacé la oferta con pesar. No porque me importara la reacción de Tony, sino por miedo al rechazo en caso de que Caleb solo hubiera hecho una broma.

—No dependes de tu mánager.

—Desgraciadamente sí. —Suspiré—. Tony tiene los mejores contactos en kilómetros a la redonda, le debo toda mi carrera.

Caleb gruñó suavemente. —Tú y tu garganta de oro son responsables de tu carrera.

—Aun así no puedo arriesgarme. Aparte de mi carrera y Molly no tengo nada más.

—A quién se lo dices. Sin Tiptoe y los torneos... —Caleb no terminó su frase, pero entendí lo que quería decir.

De alguna manera era triste. Éramos dos almas perdidas y errantes que habían encontrado el paraíso, pero no podían quedarse. *Quizás en otra vida.*

Cuando llegamos al patio del rancho, Elli nos saludó con la mano desde el corral redondo y esperé que no se fijara demasiado en lo torcida que iba sentada sobre Pokerface.

—Por los pelos, chicos —gritó, mientras su mirada seguía fija en Troublemaker, que trotaba a su alrededor.

—Desde tu perspectiva quizás —descartó Caleb.

Me deslicé torpemente de la silla, pero aterricé orgullosa sobre mis dos pies.

—¿Y ahora qué? —susurré a Caleb, porque no tenía ni idea de qué hacer con Pokerface.

—Llevemos a Pokerface al establo.

—Vale. —Tomé las riendas en la mano y seguí a Caleb.

Cuando Elli estaba fuera del alcance del oído, me dio una palmada en el hombro.

—Nada mal para tu segunda lección de equitación, pero aún tenemos que trabajar en tu desmonte.

—Mañana —respondí—. O pasado mañana. Tan pronto como pueda volver a caminar *normalmente*.

Caleb sonrió con complicidad, y su sonrisa se hizo aún más amplia.

—Si esto te pareció agotador, espera a las agujetas que tendrás mañana.

Oh, oh. Caleb no necesitaba decir nada más, porque ya sentía cómo mis músculos se endurecían. Mi figura esbelta no se debía ni al esfuerzo ni a la disciplina, era simplemente cuestión de genética.

—Voy a salir con Elli —dije y me di la vuelta, pero Caleb me agarró de la muñeca y me hizo volver.

—No tan rápido, señorita. Aún no hemos terminado.

—¿No?

—¿Acaso Pokerface parece que pueda ir así al pasto?

Examiné al caballo ensillado y embridado.

—Si quiere hacer una declaración de moda, entonces *sí*.

Caleb alzó una ceja en señal de reprobación, y mi centro comenzó a palpitar.

—Por supuesto que quiero decir *no* —me corregí.

—Buena chica.

Mientras volvía a flotar en una nube, Caleb me explicó cómo abrir la cincha de una silla vaquera, cómo cambiar la brida por un cabestro y, una vez más, cómo limpiar los enormes cascos de piedras.

Al final, coloqué un enorme cubo de comida frente al hocico de Pokerface, sobre el que el caballo marrón se abalanzó con alegría.

—Ahora puedes ir con Elli —me permitió Caleb.

—Gracias, señor —respondí sonriendo. Una vez más, Caleb me tiró de la mano hacia atrás, esta vez para besarme.

—Me gusta cuando me llamas *señor*. Casi podría pensar que eres una buena chica.

—*Soy* una buena chica —susurré contra sus labios entre dos besos.

—De una tontería a la siguiente, quizás.

Después de que Caleb me soltara, me apoyé contra el corral circular y observé cómo Elli trabajaba con Trouble. El pelaje del caballo brillaba al sol como oro hilado, pero esos grandes ojos color caramelo realmente derretían mi corazón.

Fascinada, observé cómo el semental reaccionaba a los más mínimos movimientos de Elli.

—Están haciendo un gran progreso —dije sonriendo.

—Desafortunadamente no. Todavía no he logrado montarlo.

—Pero parece tan dócil.

Examiné a Troublemaker una vez más y simplemente no podía imaginar que este caballo, que parecía tan manso como un cordero, tuviera un problema.

—Sí. Pero tiene más mañas que un gitano.

—Ya veo.

—Espera, te lo mostraré. —Elli agarró una silla vaquera que colgaba de la valla y se acercó a Troublemaker.

Inmediatamente, la cabeza del caballo se alzó y sonidos agudos y chirriantes escaparon de su garganta. Yo no era una experta, pero el pánico en sus ojos era innegable.

Elli le habló al animal con cuidado, pero tan pronto como el cuero de la silla tocó el pelaje del caballo, se enfureció tan salvajemente como los toros que casi me habían atrapado.

Elli retrocedió inmediatamente unos pasos y volvió a colocar la silla en la valla.

—Vaya. ¿No tienes miedo? —pregunté.

—No, no tengo miedo. —Elli sacudió la cabeza claramente antes de mirarme con seriedad—. Solo una buena dosis de respeto.

Elli esperó pacientemente hasta que la situación se calmó, luego chasqueó la lengua y el caballo se puso en movimiento de nuevo.

Después de algunas vueltas, Elli se apartó de él y abrió una puerta de conexión al paddock adyacente. En un abrir y cerrar de ojos, Trouble trotó pasando junto a ella y Elli trepó por la valla hacia mí.

—Es importante terminar con un éxito, de lo contrario, se refuerza el comportamiento que se supone que debo eliminar.

—Entiendo —murmuré. Todavía estaba impresionada por lo tranquila que se había mantenido Elli, aunque la situación parecía bastante peligrosa desde fuera.

Juntas caminamos más allá del corral circular para observar a Troublemaker y los otros caballos en el paddock. Había oído que algunos sementales se llevaban bien con otros castrados, y por lo que parecía, Trouble era uno de ellos.

Elli resopló suavemente mientras observábamos a los caballos pastar.

—El veterinario lo volvió a examinar. No tengo idea de por qué las sillas son un problema tan grande.

Casi como si Troublemaker supiera que estábamos hablando de él, se acercó poco a poco a la valla.

—¿Quizás simplemente no le gustan? —respondí encogiéndome de hombros—. Si alguien me obligara a usar medias de seda, yo también armaría un escándalo así.

Elli se rio, aunque yo hablaba en serio... —Normalmente siempre hay una razón para ese comportamiento.

—¿Y no puede ser una razón que algo no le guste?

—Los caballos funcionan de manera diferente —respondió Caleb, apoyándose en la valla junto a mí.

—Solo era una sugerencia. —Apoyé mi barbilla en mis brazos. Troublemaker se atrevió a dar tres pasos más cerca de nosotros.

—Creo que le gustas, Faye —dijo Elli con confianza.

—A mí también me gusta él. —En el fondo, Trouble era el primer caballo que había acariciado en décadas.

Paso a paso, Troublemaker se nos acercó, e incluso me atreví a extender mi mano hacia sus suaves fosas nasales, que estaban a solo unos dedos de distancia. Pero justo antes de que tocara su suave pelaje, el caballo estiró el cuello, agarró el ala de mi sombrero vaquero y se alejó galopando con él.

Vaya. ¿Eso realmente acababa de pasar?

Sin pensarlo, trepé por la valla y me lancé en su persecución. ¡Nadie me robaba mi sombrero así como así!

Me tomó una eternidad alcanzarlo. Lógico, un caballo tenía cuatro patas para avanzar, y yo solo tenía dos pies izquierdos. No lo alcancé hasta la mitad del prado, y solo porque Trouble se apiadó de mí y se detuvo.

—¡Eso fue un regalo, idiota! —me quejé resoplando y agarré mi sombrero antes de que el semental pudiera seguir masticando la tela—. ¡Hazlo de nuevo y tú y yo tendremos un problema serio!

Aunque todavía no tenía ni idea de caballos, a mis ojos Troublemaker parecía bastante arrepentido después de mi sermón. Me empujó suavemente el brazo con el hocico, acaricié su frente y, como todavía estaba un poco enojada, volví marchando con el semental siguiéndome mansamente. Elli y Caleb se apoyaban en la valla con la boca abierta, mirándome atónitos.

—¿Pasa algo? —pregunté casualmente, mientras me volvía a poner el sombrero.

—¿Qué habíamos dicho sobre las tonterías? —preguntó Caleb reprendiéndome. Cielos, ni siquiera había pensado en eso. Estaba tan sorprendida que incluso había olvidado mi miedo a los caballos.

—Bueno, ahora sabemos que a Troublemaker realmente le gustas —dijo Elli—. Tal vez deberías trabajar con él alguna vez.

—¡No! —dijimos Caleb y yo al unísono. Admito que realmente no me desagradaba, ambos éramos a menudo malinterpretados, pero después de un segundo, como máximo, quedaría claro que yo no sabía absolutamente nada.

Para suavizar un poco la situación, le sonreí a Elli disculpándome.

—Primero tengo que concentrarme en la competencia.

—Cierto. Todavía tengo una lección para ti hoy —respondió Caleb, con voz áspera.

Genial. Mi acción impulsiva había provocado a Caleb. Mi trasero aún ardía, y estaba segura de que esa sensación duraría un buen rato.

—Deberías darle un descanso a Cara de Póker —dije con dulzura. Lo que realmente quería decir era que me diera un descanso a mí.

—No te preocupes, de todos modos tengo que preparar algunas cosas hasta la noche.

Su mirada sombría no presagiaba nada bueno, pero al mismo tiempo me prometía todo lo que alguna vez había anhelado.

Capítulo 13 – Caleb

Los últimos rayos de sol del día luchaban por atravesar el polvo que se arremolinaba sobre el picadero.

—¿Cuánto más, Caleb? —preguntó Faye impaciente.

—¡Hasta que yo diga *basta*!

—Eres un monstruo. —Echó la cabeza hacia atrás y resopló.

Llevar a Faye al límite me gustaba más de lo que debería admitir. A juzgar por su postura, aún sentía mi cinturón. Pero el trabajo había valido la pena; ahora Faye podía hacer una parada completa sin problemas. Aunque eso estaba muy lejos de ganar un trofeo, al menos era algo.

—¿Esta es la lección? ¿O aún está por venir? —preguntó Faye de nuevo.

—¿Acaso importa?

—De hecho, sería una enorme diferencia. —Intentó no dejarlo notar, pero su expresión neutral se desmoronaba. No había sido suave con el cinturón, y me impresionaba lo bien que Faye se mantenía en la silla a pesar de ello.

Había perdido el control, y estaba a punto de perderlo de nuevo; una sensación malditamente buena que había reprimido durante demasiado tiempo.

Además, mi lección espontánea tenía otro efecto secundario positivo. Faye estaba tan ocupada con el ardor de su trasero que se sentaba mucho más relajada en la silla que esta mañana.

—Puedes desmontar, Faye.

No necesitó que se lo repitiera. Aterrizó torpemente sobre sus pies, se sacudió el polvo de los vaqueros y dio un par de pasos para estirar las piernas.

—¿Qué has olvidado? —pregunté, con una ceja levantada y mirando fijamente a Pokerface.

—Oh, vaya. —Faye regresó sin prisa, tomó las riendas del caballo y me sonrió con descaro.

—Mañana practicaremos todo esto al trote.

Su sonrisa desapareció.

—¿Qué? Pensé que teníamos tiempo suficiente para tomarlo con calma.

—Aprendes rápido, pero si quieres ser una competidora medianamente seria en el torneo, tenemos que entrenar más y más duro.

—Vaya. —Faye se limpió el polvo y el sudor de la frente con la palma de la mano—. Realmente logras hacer que incluso un cumplido suene como un insulto.

—Eso no era... —empecé, pero Faye me interrumpió.

—No lo digas.

Un gruñido escapó de mi garganta cuando me interrumpió.

—A veces me pregunto si eres una chica muy valiente o condenadamente tonta.

Faye pensó brevemente sobre mi pregunta. Mientras tanto, se mordió el labio inferior de manera seductora, y apenas pude contenerme.

—Yo diría que una mezcla insana de ambas —dijo finalmente.

—Por suerte, ahora puedo cuidar de ti.

Me sentía realmente incómodo con solo pensar en la suerte que Faye había tenido en su ingenuo viaje por carretera. Estacionar el coche en el lugar equivocado una vez, y tendrías un problema condenadamente grande.

—Qué desinteresado de tu parte. —La ironía en la voz de Faye era inconfundible.

—No tienes idea de qué tipo de hombres andan por ahí fuera.

—¿Peores que tú?

Hice una pausa significativa y grave.

—Mucho peores.

Faye tragó saliva. Luego volvió a levantar su muro impecable, ese que tanto me gustaba derribar.

—Deberíamos llevar a Pokerface de vuelta al establo —dijo Faye. Su fachada era impecable, pero su voz revelaba el tumulto de sus emociones.

—¿Tienes hambre?

—¡Dios, no! —Faye se frotó el vientre plano.

—Me lo imaginaba, las barbacoas espontáneas de la tarde de la abuela son legendarias.

No era broma. Cuando mi abuela encendía su pequeña parrilla de gas, todo Merryville quedaba satisfecho.

—Juro solemnemente que escribiré una canción sobre eso. —Faye se llevó la mano al pecho, justo donde estaba su corazón.

—¿Y qué hay de mí?

—¿Qué pasa contigo? —Inclinó la cabeza hacia un lado, sonriendo inocentemente.

—¿Habrá también una canción sobre mí?

—Tal vez.

Faye se apartó completamente de mí, ocultándome su rostro.

Sobre eso tendremos una seria conversación más adelante. Pero primero necesitaba una ducha caliente.

Llevamos a Pokerface de vuelta al establo antes de regresar a mi casa. En momentos como este, disfrutaba especialmente de estar tan lejos de las casas principales. Nadie, ni siquiera mi curiosa hermana, se enteraba de lo que hacía con Faye.

Incluso antes de entrar descalzo al baño, ya me había quitado la camisa de leñador. Faye estaba a punto de pasar de largo, pero la detuve agarrándola del brazo.

—¿A dónde vas con tanta prisa, preciosa?

—A mi habitación. Necesito un respiro mientras te duchas.

—Ven conmigo —murmuré y la arrastré al baño, donde nos esperaba una agradable ducha fresca.

Sin perder más tiempo con palabras sin sentido, le quité la camiseta por los hombros y me ocupé de sus vaqueros.

—Quiero verte. —Mi voz sonaba como un trueno amenazador. Apenas podía esperar para examinar todo su cuerpo. Lo que había visto esta mañana había sido muy prometedor. Y hacía tiempo que había renunciado a resistirme a su aroma embriagador, su sonrisa y esos ojos azul cielo. Quería llegar al fondo de esta atracción, y Faye estaba de acuerdo conmigo. Le había dado la oportunidad de irse, pero se había quedado. Me había seguido a la guarida de la bestia y se había entregado voluntariamente a mí.

Cuando Faye finalmente dejó caer las últimas prendas, sonreí satisfecho. Era hermosa. Perfecta. Sus rizos color canela caían casi hasta sus pechos generosos, haciendo que su pálida piel brillara como la luz de la luna.

Maldita sea, Faye era la tentación personificada. Me habría encantado acorralarla contra la pared, besarla y tomarla —dura y profundamente— pero tenía otros planes para ella. Faye necesitaba aprender a cuidarse mejor, y yo estaba encantado de ayudarla.

Me quité los vaqueros y los calzoncillos mientras Faye me miraba a hurtadillas. Inconscientemente, se lamió los labios al ver mi mejor parte, mientras yo me metía en la ducha y abría el grifo.

—Ven conmigo —extendí mi mano hacia ella exigentemente, para asegurarme de que obedeciera mi orden. Faye me siguió vacilante, pero cuando el agua la tocó, soltó un grito agudo.

—¡Cielos, está helada!

—Ese es el punto —respondí con calma y comencé a enjabonarme tranquilamente. A nadie en Texas se le ocurriría no ducharse con agua fría después de un duro día de trabajo.

—¿Congelarse? ¿Cuál es el sentido de eso? —Faye se frotó ambos brazos y respiró ruidosamente por la boca.

—No hay nada más vigorizante que refrescarse después de una larga jornada de trabajo —eché la cabeza hacia atrás para que el chorro de agua lavara todo el polvo de mi cabello.

—Tenemos definiciones diferentes de lo que significa vigorizante —masculló Faye entre dientes apretados.

—Oh, ¿una ducha fría no es lo adecuado para una señorita refinada de la ciudad? ¿Necesitamos un baño de burbujas y velas para nuestra pequeña princesa campestre? —Mi cinismo era evidente.

—¡Sí! —A diferencia de mí, ella lo decía en serio.

—Entonces estás en el lugar equivocado, Faye. Aquí solo hay vida rural auténtica y honesta. Sin caprichos, sin castillos en el aire. Y sin malditos baños de burbujas con velas —Para enfatizar mis palabras, abrí aún más el agua fría.

—¡Caleb! ¡Para ya!

Esperé unos segundos antes de reducir un poco la presión del agua. Faye me miró con una mezcla de ira y devoción. Sus emociones luchaban por el dominio, y yo sabía exactamente cómo se sentía. Una parte de ella quería golpearme, pero la otra quería a toda costa que la llamara mi buena chica.

—¿Mejor? —pregunté.

—Mejor —La batalla en su interior continuaba. Hundí mi rostro en su cabello e inhalé su aroma a lavanda.

—Siempre hay que traer a las princesas de vuelta a la realidad —susurré juguetonamente en su oído. Por supuesto, sabía que Faye no era una princesa, pero me gustaba llamarla así. Aunque solo fuera porque sus ojos brillaban de ira. Me encantaba cuando me miraba enfadada, y me encantaba romper su ira.

Sus dulces gemidos me habían enganchado, y ahora estaba adicto a ellos.

—¿Qué se dice? —Faye apretó los dientes, pero sabía tan bien como yo que al final siempre conseguía lo que quería, por las buenas o por las malas.

—Gracias —Oh, no estaba nada contenta de que abusara tan descaradamente de mi posición, a veces era un canalla. Aun así, Faye seguía el juego porque quería recompensas de mí. *Buena chica.*

—Te has ganado una recompensa —Atraje a Faye aún más cerca de mí para calentarla, hasta que el calentador finalmente bombeara agua caliente hasta nosotros en el primer piso—. Tienes unos dos minutos.

—¿Solo dos minutos? —Faye me miró con una expresión desgarradora.

—Puedes discutir conmigo si quieres, pero no con el calentador de veinte litros de abajo.

—¿Solo veinte litros de agua caliente? —Faye jadeó sorprendida—. Eso es sádico. Y masoquista también. ¡Y todas las palabras terminadas en *-ista* que impliquen casi congelarse!

—¿Realmente quieres desperdiciar tu precioso tiempo así?

Tomé una buena cantidad de jabón y lo froté entre mis manos.

—Adelante, me encanta que me distraigas de las terribles circunstancias de la idílica vida rural, vaquero.

Faye extendió sus brazos y yo enjaboné cada centímetro de su cuerpo. Sus delicados dedos, sus frágiles brazos, su clavícula prominente. Sus pezones aún estaban duros por el frío y tan sensibles que mi aliento bastaba para endurecerlos aún más. No solo me dediqué a sus hermosos senos, que no cabían completamente en mi mano, sino también a su perfecto trasero, que se amoldaba a mis caderas como si estuviera hecho para ello.

Su trasero aún estaba ligeramente enrojecido, pero todavía sentía mi castigo con el más mínimo toque.

Presioné a Faye firmemente contra la pared para frotar mi dureza contra sus curvas.

—¿Esto es castigo o recompensa? —Gimió suavemente.

—Aún no lo he decidido.

—¿Puedo influir en la decisión a mi favor?

—Me temo que no, pequeña princesa.

Aunque su rostro estaba inclinado hacia un lado, vi exactamente cómo el fuego en sus ojos se hacía más grande. Sería mentira si dijera que no lo provocaba intencionadamente, llevándola al límite. Lenta y deliberadamente, seguí frotando mi erección, sintiendo la humedad que se acumulaba entre sus piernas.

Faye estaba lista para mí, lo que hizo que un suave gruñido escapara de mi garganta. Pero quería prolongar su deseo aún más, hasta que casi perdiera la razón, hasta que sus gritos se volvieran agridulces y finalmente fuera liberada por mí. Quería darle una muestra de lo que le esperaba si era una buena chica —y sobre todo— si no era mi buena chica.

Como si fuera pulsando un botón, el agua caliente se cortó y una ducha fría nos empapó a ambos. Faye quiso huir, pero la atraje con fuerza hacia mí y presioné mis labios contra su boca en un puchero. Mis besos ardientes hicieron que Faye olvidara que estaba bajo agua helada. Ansiosamente, agarró mi nuca y me atrajo con más fuerza hacia su cuerpo.

Habíamos desatado nuestra pasión y ahora no podíamos contenerla. Nos abalanzamos el uno sobre el otro y tomamos lo que necesitábamos. Sus besos me dieron un anticipo de lo que me esperaba en el paraíso, en el improbable caso de que no fuera al infierno.

Cuando nos separamos, Faye temblaba por todo el cuerpo. De excitación, pero también de frío. Cerré el agua, la envolví en mi bata de baño demasiado grande y me até una toalla a la cintura.

—Vaya. Eso fue bastante... —Faye se detuvo, buscando las palabras adecuadas.

—¿Frío?

—Intenso.

Su respuesta me hizo sonreír.

—Eso es tan innegable como el agua fría.

—Cierto.

Faye caminó delante de mí hasta que llegamos al final del pasillo y abrió la puerta de la habitación de invitados.

—¿A dónde vas? —pregunté con un tono serio.

—A la cama —respondió Faye confundida.

—Esa es la cama equivocada. —Abrí la puerta de mi dormitorio y señalé la enorme cama de madera.

Faye cruzó los brazos sobre el pecho y me miró como si hubiera hecho una mala broma.

—No hablas en serio, Caleb.

—Hablo muy en serio. ¿Cómo voy a asegurarme de que no hagas tonterías si no?

Ella jadeó y murmuró: —Vaya, realmente hablas en serio.

—Por supuesto. Y ahora ven aquí antes de que pierda la paciencia.

—Parece que quieres que te contradiga. —Faye me sonrió lascivamente, luego abrió la puerta de su habitación de invitados. No solo lo estaba pidiendo, prácticamente suplicaba otra lección sobre por qué nunca se debe provocar a hombres como yo. Hoy había sido un día bastante agotador y mi mecha estaba correspondientemente corta. No tenía tiempo para estos juegos, especialmente porque mi erección había estado presionando contra mis vaqueros durante lo que parecían horas, y apenas podía esperar para follar a Faye finalmente.

De acuerdo, entonces jugaría el juego de Faye, pero retorcería todas las reglas a mi favor.

La seguí a la habitación, la agarré por los hombros y la presioné contra la pared detrás de ella.

—¡Caleb! —gimió sorprendida, antes de que ahogara su protesta con un beso. Gruñendo, me abalancé sobre Faye como una fuerza de la naturaleza. Solo que estaba tomando lo que ya me pertenecía.

—Nueva lección —comencé, con voz ronca—. Nunca debes provocar a hombres como yo.

—¿Qué pasa si lo hago? —Su mirada anhelante gritaba por descubrir qué pasaría entonces.

—Ahora lo verás. —Sin más explicación, abrí su bata y la deslicé por su cuerpo hasta que cayó al suelo. Solo mantuve el cinturón en mi mano.

Cuando volví a cargar a Faye sobre mi hombro, ella se resistió a medias.

—¡Bájame! —Golpeó con sus manos mi espalda desnuda, pero lo único que provocó fue una sonrisa de mi parte. *Qué dulce.*

La arrojé sobre mi cama, me subí encima de ella y sofoqué su protesta con otro beso. Abrió su boca voluntariamente cuando lamí sus labios con la punta de mi lengua. Maldita sea, Faye sabía dulce, como el puro pecado.

Lentamente, coloqué sus brazos sobre su cabeza para ponerla exactamente en la posición que quería: seductoramente indefensa. Faye no sospechaba nada, pues cedía a cada uno de mis movimientos y se dejaba guiar por mí. En un abrir y cerrar de ojos, sus muñecas estaban atadas al cabecero de la cama con ayuda del cinturón. Pero estaba tan perdida en mis besos que no se dio cuenta de su situación sin salida hasta que me aparté del colchón y caminé pesadamente por la habitación.

—Caleb, ¡desátame ahora mismo!

—¿O qué? —Arqueé una ceja y la miré interrogante.

—O... o... —Faye se mordió los labios al darse cuenta de la posición en la que se encontraba. No estaba en condiciones de negociar conmigo, porque no tenía nada que ofrecerme que no obtuviera ya de ella.

—¡Simplemente desátame, por Dios!

Forcejeó con sus ataduras, pero no logró deshacer el nudo. Por supuesto que no, en mi vida de vaquero había atado cientos, miles de nudos, y el que rodeaba las muñecas de Faye no se desataría hasta que yo lo quisiera.

—Te sugiero que cierres la boca ahora, antes de que busque una mordaza para ti —dije con voz amenazante. Mientras tanto, observé con deleite cómo su cuerpo reaccionaba a mi amenaza, exactamente como me lo había imaginado. Su respiración se aceleró mientras empujaba sus pechos hacia arriba, presentándome sus pezones rígidos.

Su excitación era innegable, y cuando separó las piernas para mí, ofreciéndome su coño húmedo, gemí suavemente. Pero antes de follarla, tenía que darle una lección a Faye, y eso solo era posible si le negaba lo que anhelaba.

Me dirigí a la cómoda en el lado opuesto de la cama y rebusqué hasta que encontré lo que buscaba. En realidad, las velas eran para los cortes de energía regulares que teníamos durante las tormentas de verano y las tormentas de otoño, pero me encantaba darles un uso diferente para otra lección.

Primero encendí dos de las gruesas velas blancas en la mesita de noche, luego atenué la luz. Esta era mi propia versión del romanticismo. Faye miró las velas con recelo.

—No estarás pensando en...

—Sí, exactamente eso es lo que pienso hacer —la interrumpí—. Además, fui claro, ahora es mejor que no digas ni una palabra más.

Faye asintió, aunque su mirada estaba a punto de matarme.

Cuando la cera de la vela comenzó a derretirse lentamente, vertí un poco sobre su brazo, lo que le arrancó un gemido. En cuestión de segundos, la cera caliente se endureció sobre su piel, así que tracé un nuevo camino.

Me miró con ojos casi decepcionados. En algunos lugares, como los brazos, la cera de la vela era solo un suave y cálido hormigueo, pero yo sabía cuán intensas podían volverse las sensaciones en otros lugares, y hacia allí quería ir.

Faye se retorcía de placer, gemía y jadeaba, pero valientemente se mordía los labios para que ningún sonido escapara de su garganta.

Sin embargo, cuanto más se acercaba la cera a sus sensibles pechos, más difícil se volvía para Faye mantener el control.

Admito que fue realmente cruel de mi parte no dejar pasar ni un centímetro de sus curvas femeninas, ni siquiera sus sensibles puntas. Cuando la primera gota tocó su duro capullo, Faye todavía intentó ahogar su grito, pero cuando vertí sobre el otro lado, ella gritó para mí los tonos más agridulces que jamás había escuchado.

Continué hacia su vientre, dándole un pequeño respiro. Pero no solo era un caballero, sino también un pícaro, por lo que me fui acercando poco a poco a su monte de Venus.

—¡Oh, Dios! —jadeó Faye y apretó firmemente sus muslos.

La reprendí con una mirada seria, indicándole que debía estar callada. Inmediatamente se mordió los labios, pero sus muslos permanecieron firmemente cerrados. Mi mano separó sus piernas, al mismo tiempo que dejaba caer más cera sobre la suave piel de su muslo.

Si no lo supiera mejor, creería que Faye estaba al borde de su primer orgasmo. Y eso que mi miembro aún estaba lejos de su punto más sensible. Para darle una pequeña muestra de lo que aún le esperaba, me quité la toalla de las caderas y mi erección saltó hacia arriba.

—Wow —murmuró ella al ver mi mejor parte, lo que noté con una sonrisa. Realmente no podía quejarme del tamaño de mi virilidad.

Faye separó voluntariamente sus piernas y me arrodillé entre ellas. *Todavía no, mi bella.* Primero tenía que enseñarle a Faye un poco más de buen comportamiento. Lentamente dejé caer la cera de vela sobre la sensible piel de sus muslos, lo que provocó reacciones aún mayores que antes con sus pechos.

—Tus muslos son bastante sensibles, ¿eh? —Para enfatizar mi pregunta, pasé la punta de la uña de mi dedo índice por el interior de sus muslos.

Faye asintió enérgicamente.

—Bueno saberlo. —Aunque no para esta lección, sino para futuras medidas. No había duda de que pasaría mucho tiempo antes de que Faye tropezara con la siguiente tontería.

Continué distribuyendo generosamente la cera de la primera vela sobre su cuerpo inmaculado, disfrutando cómo su cuerpo temblaba debajo de mí y su lujuria crecía cada vez más. Cada vez más cera caía sobre su piel y las sábanas. Había creado una verdadera obra de arte. Satisfecho, coloqué el cabo de vela de vuelta en la cómoda, luego dejé que mis manos vagaran por su cuerpo. Con cada toque y cada una de sus respiraciones, más cera se desprendía de su piel.

—Dime qué has aprendido ahora.

—Que no debo contradecirte.

Su voz estaba ronca y áspera por los dulces gritos, pero sonaba sincera.

—¿Entonces serás una buena chica en el futuro, sin réplicas?

—Eso depende de lo que piense al respecto.

Mi miembro se endureció aún más solo con la idea de azotarle el trasero otra vez por esta respuesta.

—Para mí suena como si siguieras siendo una chica que no sabe lo que es bueno para ella.

Con un gesto significativo, tomé la segunda vela de la mesita de noche.

—Sé exactamente lo que quiero. —Faye me sonrió, luego añadió un seductor "señor" que casi me hizo perder el control.

Joder. No podría haberme dado una mejor respuesta. Me encantaba la idea de tener que castigarla una y otra vez, mientras el fuego en sus ojos ardía cada vez más fuerte.

—¿Aún tienes frío? —Mi pregunta era retórica, porque desde que encendí las velas, la temperatura había subido al menos mil grados.

—No, señor.

Sonriendo, dejé caer un chorro de cera caliente sobre su torso. Para hacer las cosas aún más interesantes, exigí aún más compromiso de Faye.

—No harás ningún sonido. Ni gemidos, ni gritos, nada.

Faye tomó aire profundamente para protestar, pero una fuerte inhalación de mi parte bastó para que se callara.

Las siguientes gotas cayeron sobre sus muslos. Sus uñas se clavaron en la madera del armazón de la cama, pero valientemente se mordió los labios. Disfrutaba elevando el nivel de su excitación hasta lo inmensurable, pero mi erección se estaba volviendo impaciente.

Cuando un gemido escapó de la garganta de Faye, y ella no era consciente de su culpa, le metí dos dedos en la boca - una mordaza improvisada que además me proporcionaba aún más placer.

Intuitivamente, Faye cerró sus labios carnosos alrededor de mis dedos y los chupó. *¡Maldita sea!* Apenas podía controlarme, sin embargo, no aparté el segundo cabo de vela hasta que todo su torso estuvo cubierto de cera.

Con cada una de sus respiraciones rápidas y fuertes, una parte de la capa de cera se desprendía, y con mis manos retiré el resto de la cera. Quería ver cómo sus pechos temblaban cuando la follara, y quería ver cuán rígidos se ponían sus pequeños capullos cuando se corriera.

Cuando froté mi dureza contra su entrada, gemí suavemente. Estaba más que lista para mí. Al mismo tiempo, Faye chupaba mis dedos con más fuerza, sus miradas suplicaban que la tomara de una vez.

—¿Has aprendido tu lección? —pregunté.

Faye asintió enérgicamente. Como recompensa, empujé mi miembro hasta el fondo dentro de ella. Faye estaba tan apretada que casi perdí la cabeza. La tomé tan dura y profundamente como en mis imaginaciones, pero su reacción superó todas mis fantasías.

Faye levantó sus caderas hacia mí para que pudiera penetrar aún más profundo, y sus sensuales gemidos eran otra clara señal de que quería más - al igual que yo.

Cuando hundí mi rostro en la curva de su cuello, me envolvió un dulce aroma a lila. Allí donde lamía su piel sensible, mi aliento dejaba piel de gallina que la hacía estremecerse.

Maldita sea, podría follar a Faye toda la noche. *Posiblemente lo haga.*

Gruñendo, tomé su piel entre mis dientes y mordí alternando entre suavidad y exigencia. Con cada mordisco, Faye se contraía aún más alrededor de mi erección. *¡Joder!* Reaccionaba a cada uno de mis movimientos y a cada una de mis embestidas con aún más placer. No tenía idea de cuántas veces se había corrido ya, había perdido la cuenta. Todo lo que sabía era que estaba follándola hasta hacerle perder el juicio.

Solo cuando sus gritos fuertes se convirtieron en gemidos agotados, y tuvo un último y hermoso orgasmo para mí, llegué yo mismo. Bombeé jadeante mi oro dentro de ella y luego apoyé con cuidado mi cabeza sobre su pecho para descansar un momento.

Desde que Faye había aparecido aquí, se había acumulado en mí más presión que nunca, y por fin la liberaba. Pero cuando miraba su linda y traviesa sonrisa, estaba seguro de que esta presión no tardaría en volver.

Agotado, me dejé caer en la otra mitad de la cama, apagué las dos velas casi consumidas y apagué la última luz nocturna.

—¿No has olvidado algo? —preguntó Faye.

—Oh, por supuesto —murmuré. Luego busqué a tientas la manta y la coloqué sobre el cuerpo de Faye.

—Me refería a otra cosa, Caleb.

—Lo sé.

Mis lecciones eran bastante duraderas, eso era algo que Faye aún tenía que comprender. Pero afortunadamente teníamos bastante tiempo hasta la competencia. Su suave suspiro me hizo sonreír. Maldita sea, había reprimido mi vena dominante durante demasiado tiempo y ahora no podía tener suficiente, no podía tener suficiente de ella. Pobre y pequeña Faye, si supiera lo que aún planeaba hacerle... pero la había advertido lo suficiente, además le había dado una oportunidad justa de escapar, pero ella no lo quería de otra manera.

—¿No vas a desatarme?

—¿Para que vuelvas a escaparte? Ciertamente no —gruñí.

—¡Caleb! —Su protesta simplemente no cesaba, así que tuve que mostrarle con énfasis que no cambiaría mi decisión.

Me incliné hacia ella, tirando de su cabello con una mano para obligarla a echar la cabeza hacia atrás, y con la otra mano alcancé entre sus muslos. Todavía estaba húmeda, y sentí cómo todo su cuerpo pulsaba cuando froté su clítoris.

—Este pequeño y dulce coño ahora me pertenece. ¿Entendido?

—¡Sí, señor!

Continué frotando su perla sensible porque era adicto a sus gemidos.

—Y nadie toca mi propiedad, por eso te quedas atada.

—¿Ni siquiera yo? —Faye jadeó sorprendida.

—Especialmente tú no. Tu coño me pertenece. Tus orgasmos me pertenecen. Tú me perteneces, Faye.

No protestó, solo un suave suspiro llenó la habitación con sus anhelos, todos los cuales yo podía satisfacer. *Buena chica.*

La había reclamado como mía, y ella lo había aceptado. Maldita sea, Faye, ¿dónde habías estado todos estos años? Una cosa era segura, nunca más la dejaría ir. Ni después de esta competencia, ni después de la siguiente.

Faye, eres mía para siempre.

Capítulo 14 – Faye

Exhausta, me froté el brazo por la frente para deshacerme del pelo, el polvo y las briznas que se habían acumulado. Llevaba una hora entera apilando balas de heno que descargaba de un remolque. Aun así, no podía dejar de pensar en la noche anterior. En Caleb y en lo que me había hecho. Pero sobre todo en sus palabras, que aceleraban mi pulso con solo pensarlas.

Soy su chica. Le pertenezco.

Sonriendo, me apoyé en la puerta abierta del granero y dejé vagar mi mirada por los pastizales paradisíacos.

—¿En qué piensas, Faye? —preguntó Caleb, quien cogía otra bala de heno.

—Oh, nada. —Hice un gesto con la mano, lo que no le impidió agarrarme del brazo y tirar de mí hacia él.

Cuando nuestros labios se encontraron, sentí un fuerte latido entre mis piernas. Solo sus prohibiciones bastaban para que anhelara aún más los orgasmos, algo que Caleb evidentemente también sabía.

—Otra vez, ¿en qué piensas?

—Sabes exactamente en qué estoy pensando.

Me solté de su agarre y cogí la siguiente bala de heno.

—Por supuesto que sé en qué estás pensando, pero quiero oírlo de tu boca. —A juzgar por su voz áspera, no era una petición, sino una orden. *Cielos*, ¿en qué me había metido?

—Estoy pensando en ayer —confesé finalmente en voz baja. Aunque no había nadie cerca, ciertamente no quería arriesgarme a que alguien nos escuchara.

—¿En qué exactamente? —Me miró expectante.

Ignoré a Caleb pasando junto a él y llevando la pequeña bala rectangular cuadrada al otro extremo del granero. ¡Pensar en ello y dejar que me lo hiciera era una cosa, pero decirlo en voz alta era otra completamente diferente!

—¿Estás pensando en cómo te azoté el trasero?

Sí. No solo pensaba en ello, sentía su lección con cada paso.

—¿O estás pensando en cómo te presioné contra los azulejos fríos de la pared de la ducha?

Oh sí, en eso también. Todavía sentía un escalofrío por la espalda, que no se debía al agua helada.

—Creo que, por ejemplo, estás pensando en cómo te até a mi cama.

Dios mío. ¿Cómo podría olvidar eso alguna vez? Pasé la mitad de la noche despierta, completamente excitada y agitada, abrumada por mis propios sentimientos extraños.

—¿Cada noche será así? —pregunté. Al mismo tiempo, me abanicaba porque de repente sentía calor a mi alrededor.

—Eso depende completamente de tu comportamiento —murmuró Caleb. Su sonrisa decía algo completamente diferente.

—Quieres decir que depende de cómo interpretes mi comportamiento.

Caleb lanzó su bala de heno de manera significativa sobre la pila, pero aun así me quedé quieta.

—Esas fueron tus palabras, no las mías —gruñó.

—Que no corregiste —repliqué encogiéndome de hombros.

Por supuesto, Caleb dominaba este juego mucho mejor que yo, pero aun así no pude evitar enfrentarme a él. Solo porque me gustaba increíblemente lo que hacíamos en secreto, no significaba que dijera *amén* a todo lo que él hacía.

Caleb me miró con ojos sombríos mientras yo seguía apilando balas de heno. Me acechaba como un lobo hambriento de caza, tal vez incluso más amenazante porque yo conocía el peligro que emanaba de él.

Cuando dejé otra bala de heno al final del granero, fui agarrada por detrás y presionada contra la pared.

—Me gusta cómo *juegas*. Sin embargo, deberías entender rápidamente que estamos jugando mi juego, y soy un maldito mal perdedor.

Vaya. Su voz áspera me hizo estremecer. Caleb me besó con fuerza mientras una mano se deslizaba entre mis piernas, frotando sobre la gruesa tela de los vaqueros. Eché la cabeza hacia atrás porque había anhelado tanto esos toques.

—No deberías mostrarte tan seguro de la victoria. Todavía tengo algunos ases bajo la manga —susurré.

—Esos no te sirven de una mierda en una partida de ajedrez.

La lengua de Caleb volvió a recorrer mis labios, y sentí cómo sus dientes se cerraban suavemente alrededor de mi labio inferior. Me convertí en cera en sus manos, y me llevó a un punto en el que estaba dispuesta a vender mi alma solo para que continuara. Miré a Caleb suplicante a sus ojos oscuros.

—Me quemaré si no continúas.

Con ambas manos, junto a mis hombros, Caleb se apoyó en la pared detrás de mí.

—Puedes expresar tus deseos en cualquier momento, Faye. Tal vez los tenga en cuenta, tal vez no. Pero deberías tener cuidado con tus exigencias. Mi ego tolera tan poco las órdenes como los juegos perdidos.

¡Cielo santo, qué declaración! Aún más sorprendida estaba por la reacción de mi cuerpo, que deseaba más de eso. Más declaraciones. Más miradas sombrías. Más Caleb.

Añadí un "por favor" muy tardío pero arrepentido a mi exigencia para suavizarla. Pero un fuerte estruendo desde el otro extremo del granero me hizo sobresaltar.

—¿Hola? —llamó Elli.

—Qué lástima que nos interrumpan justo ahora —gruñó Caleb. Luego se apartó de la pared—. Estamos aquí.

—¿Estamos? —preguntó Elli.

También salí de detrás de la pila de balas, que casi había derribado por la emoción. Caleb, por otro lado, se mantuvo muy tranquilo, lo que me pareció admirable.

—¡Buenos días, Elli! —grité, porque temía que mi voz me fallara. Funcionó mucho mejor de lo esperado.

Elli miró conmocionada a Caleb.

—¿Estás haciendo trabajar a Faye para ti?

Sonreí y respondí a la pregunta.

—No, yo quería ayudar. Es lo mínimo que puedo hacer para ser útil aquí.

—Pero ya lo estás haciendo al participar en el torneo.

Hice un gesto de vergüenza. Probablemente pasaría el resto de mi vida cargando pesadas pacas de heno si eso significaba que pudiera quedarme aquí.

—¿Podemos irnos? —me preguntó Elli, señalando hacia afuera.

Miré a Caleb con aire interrogante, quien se aclaró la garganta.

—Faye y yo tenemos algo que hacer.

—¿Qué cosa? —Elli ladeó la cabeza—. ¿Y cuánto tiempo les llevará?

—Calculo que más o menos lo mismo que le toma a Grams preparar tu segundo desayuno.

—¡Tiempo perfecto! —respondió Elli sonriendo y se marchó trotando—. ¡Te espero en el coche, Faye!

—De acuerdo —le grité, luego miré a Caleb—. Puedo ayudarte más tarde con las pacas de heno, si quieres.

Eché un vistazo al remolque medio vacío y contuve un suspiro. Era mucho heno, y después del día de ayer, tenía el doble de agujetas de lo que Caleb me había pronosticado.

—No es necesario, lo haré yo solo. —Caleb se apoyó contra el remolque y cruzó los brazos con aire despreocupado.

—¿Entonces por qué debo quedarme?

—Para que aprendas tu próxima lección. —Tomó una paca de heno, me la lanzó y él mismo se cargó dos al hombro, que llevamos juntos hacia atrás. ¿El pasillo siempre había sido tan largo?

Una vez en el almacén de heno, miré a Caleb llena de expectación. No sabía qué planeaba, pero su mirada sombría prometía algo emocionante.

Caleb se desabrochó el pantalón y sacó su cinturón de cuero. De inmediato, el calor subió a mis mejillas, por excitación y vergüenza a partes iguales. Nunca había experimentado algo más humillante que ayer, cuando Caleb me azotó el trasero desnudo. Pero no tenía intención de usar el cinturón como instrumento de castigo, sino que me lo colocó alrededor del cuello como un collar y lo ajustó suavemente.

Ahora Caleb podía guiarme con los movimientos más pequeños, lo que aprovechó sin pudor para atraerme hacia él gruñendo. Sus besos eran ardientes y exigentes, al mismo tiempo que me desabrochaba la blusa y la dejaba caer al suelo. Mi sujetador también fue víctima de su pasión. Finalmente, mi sombrero vaquero también terminó en el suelo, lo que Caleb reconoció con un asentimiento.

Oh, Dios. En medio de la nada era una cosa, pero aquí, ¿donde cualquiera podía descubrirnos?

—¡De rodillas! —susurró Caleb con exigencia. Para enfatizar su orden, tiró del cinturón, y como no me quedaba otra opción, me arrodillé. Desde abajo, Caleb parecía aún más grande y fuerte. Tenía la altura perfecta para... ¡oh! Casi como si hubiera leído mis pensamientos, abrió sus pantalones y su erección prácticamente saltó hacia mí.

—¿Y si alguien nos descubre? —pregunté. No tenía idea de lo que Caleb pensaba de esto, ni siquiera sabía cómo clasificar mis propios sentimientos.

—Entonces deberías darte prisa. —Me sonrió seductoramente y tiró del cinturón con exigencia. ¿Cómo sabía Caleb que esto me gustaba tanto? Hasta hace un momento, ni yo misma lo sabía. Era como si pudiera ver mis deseos más profundos.

Al contemplar la enorme erección frente a mí, no pude evitar lamerme los labios antes de abrir la boca y rodear su punta con mis labios.

Caleb gruñó suavemente, sin dejar de mirarme a los ojos. Con su mano libre, me apartó un rizo castaño del rostro que se había soltado de mi trenza. Con la punta de mi lengua, lamí toda su longitud hasta abajo, hasta su base. Solo entonces regresé arriba y rodeé su punta nuevamente con mi boca.

Era tan excitante que todo mi centro palpitaba, mientras mi corazón golpeaba contra mi pecho. Gemí, pero su erección, que se deslizaba dentro de mí poco a poco, amortiguó mis sonidos. Caleb movía sus caderas hacia adelante y hacia atrás, por lo que eché más la cabeza hacia atrás para poder amortiguar mejor sus movimientos.

Con cada embestida aumentaba mi deseo hasta lo inconmensurable, todo mi cuerpo estaba inundado de sensaciones hormigueantes, de increíbles temblores y este inexplicable anhelo por Caleb.

Sus movimientos se volvieron más exigentes, y me entregué completamente al ritmo que me imponía. La tela de mis vaqueros se frotaba suavemente contra mi feminidad, lo que casi me volvía loca. No quería hacer nada más que deslizar mi mano entre mis piernas para frotar mi sensible perla, pero no podía. Caleb no lo había permitido.

—Mírame a los ojos, Faye.

Obedecí su orden, aunque de mala gana. Mi posición era humillante, y sus miradas me recordaban cuán humillante era exactamente.

—Te queda bien estar de rodillas con mi polla en la boca. —Caleb jadeaba con cada embestida y su erección se volvía cada vez más dura y grande. Estaba más que llena.

Por favor, tómame, supliqué en silencio con mis ojos.

—Si te follo ahora, ¿dónde estaría la lección? —Me miró seductoramente, y ahora sabía exactamente lo que significaba su lección. Solo podía correrme cuando él me lo permitiera, no cuando yo lo suplicara. Que tuviera que aprenderlo por las malas parecía gustarle mucho a Caleb, porque sus embestidas se volvieron cada vez más rápidas.

Con el cinturón controlaba cada uno de mis movimientos, y me atraía cada vez más cerca de él.

—Respira profundo —susurró Caleb suavemente. Obedecí, y al momento siguiente, dejó que su erección se deslizara dentro de mí más profundo que nunca antes. Su punta se deslizó cada vez más profundo en mi boca, tanto que con la punta de mi nariz tocaba su vientre.

Seguí mirándolo a los ojos, parpadeando fuertemente. Su erección, tan profunda en mi garganta, era agotadora, pero nada comparado con lo que tenía que soportar para no tocarme a mí misma. Incluso cuando el aire escaseaba, no podía pensar en otra cosa que en cómo me había tomado anoche, y cuántos orgasmos me habían arrasado.

—Buena chica —me elogió Caleb, luego aflojó el cinturón. Respiré profundamente, y de inmediato volvió a apretar el cinturón.

Cielos, nunca en mi vida había estado tan excitada. Los ojos de Caleb se oscurecieron y la sombra que se extendía sobre su rostro cuando inclinaba la cabeza hacia mí lo hacía parecer aún más amenazante, pero no para mí. Para mí, él no era un peligro.

Lo miré con ojos suplicantes. ¡Si no venía pronto, explotaría de deseo insatisfecho!

Su dureza se retiró de mí y dejé caer la cabeza suspirando para calmar mi cuerpo.

Con el pulgar y el índice levantó mi barbilla para que volviera a mirarlo a los ojos. Su longitud se frotó contra mis labios hasta que abrí la boca de nuevo. Si seguía tomando mi boca así, me correría, prohibición o no.

—¿Qué van a hacer tú y Elli en Merryville? —preguntó Caleb entre dos embestidas.

—Comer tarta de manzana —respondí.

—Eso no es todo, ¿verdad?

Su erección se deslizó de nuevo sobre mis labios y sentí que estaba a punto de arder.

—Necesito ropa. —Aparte de la ropa que llevaba puesta y el sombrero de vaquero que Elli me había regalado, todas mis pertenencias estaban en el maletero de Molly.

—Me gustaría más si no llevaras nada con esas botas. —Caleb sonrió con picardía.

No necesitaba decir más. Me quedó claro que en la próxima oportunidad que se presentara, no llevaría nada más que mis botas. Eso no mejoraba precisamente mi situación, porque mi orgasmo se acercaba cada vez más.

Antes de que pudiera interponer mi veto por principio, Caleb volvió a apretar el cinturón y hundió su erección profundamente en mi garganta. Apenas lo creía posible, pero su longitud se puso aún más dura justo antes de correrse.

Con ambas manos agarró mi pelo, me atrajo hacia él y me tomó tan duro y profundo que solo vi estrellas. Gemí con anhelo cuando bombeó su placer dentro de mí. *Wow.* Fue tan intenso que casi me corrí yo misma.

Solo después de que lo hubiera tragado todo, Caleb se retiró de mí y me acarició suavemente la mejilla.

—Buena chica.

Sonriendo con orgullo, me apoyé contra la pared de heno apilado para poder respirar y estirar las piernas. Este vaquero rudo y solitario realmente había logrado hacerme olvidar todo lo que me había llevado a huir.

—¿Hola? —Me sobresalté. Por segunda vez en la misma mañana, Elli había acelerado mi pulso a mil.

—¡Cielos! —Mientras gateaba por el suelo en pánico para recoger mi ropa, Caleb permaneció tranquilo como una roca. Se cerró los pantalones, me guiñó un ojo y luego pasó junto a mí.

—Faye viene enseguida. —Realmente no se notaba lo que acabábamos de hacer.

—¿Dónde está? —Los pasos de Elli se acercaban cada vez más.

—Buena pregunta. —La diversión en su voz era inconfundible. Por el rabillo del ojo, observaba cómo luchaba por cerrar mi sujetador. ¡Justo cuando tenía que ser rápido, los cierres simplemente no querían encajar!

—Faye está ocupada —continuó.

—¿Caleb? ¿La estás haciendo hacer tu trabajo sucio? —Aunque mi corazón latía tan fuerte como un martillo neumático, pude oír su resoplido indignado.

—No. Solo se trata de algunas lecciones.

Se me cortó la respiración al oír sus palabras. Casi me levanto de un salto para gritar *para las lecciones de equitación*, pero mi torso seguía desnudo porque mi sujetador y el mal momento se habían aliado una vez más contra mí.

Al menos los pasos de Elli se detuvieron. Si tuviera que adivinar, diría que estaba a un metro de mí. La hermana pequeña de Caleb estaba a solo una docena de fardos de heno de descubrirme.

—¿Cómo va el rodeo de barriles? —Elli sonaba interesada y yo exhalé aliviada de que tuviera un contexto completamente equivocado.

—¿Por qué? ¿Te preocupa que tu estrellita country no gane un trofeo?

—¡Oye! No dejes que te oiga decir eso, idiota. Faye Fanning es casi una estrella mundial, y que nos ayude es una gran oportunidad para la *Wild Horse Competition*, no lo arruines.

Caleb levantó las manos en señal de apaciguamiento. —Después de mi entrenamiento, Faye arrasará, pongo la mano en el fuego por ello.

La confianza de Caleb casi me conmovió hasta las lágrimas. Lo conocía lo suficiente como para saber que respaldaba cada una de sus opiniones. Me miró de reojo y me guiñó el ojo una vez más. Aun así, tenía que preguntarme dónde exactamente había visto potencial en todo este caos. Mi mayor logro hasta ahora había sido hacer que un caballo manso, que le gustaba quedarse quieto, se quedara quieto. Era más o menos como ordenarle a una pared que no se moviera.

—Basta de Faye —dijo Caleb con voz seria—. Mejor cuéntame cómo va tu caballo problemático.

Elli resopló suavemente para expresar su frustración. —Cambiemos de tema, por favor.

—¿Quedan algunos pancakes de arándanos de la abuela? ¿O serás responsable de la próxima hambruna en Red Rivers?

Para darme tiempo y una vía de escape, Caleb empujó a su hermana pequeña hacia afuera. Mientras tanto, me puse la camisa sobre los hombros tan silenciosamente como pude y me la abroché.

—¿Realmente crees que podría comerme *todos* los pancakes? —preguntó Elli horrorizada.

—Tienes los genes Key femeninos, genéticamente todo sería posible en principio.

Elli fingió estar indignada, pero también pude oír una risita.

—Y tú tienes los genes Key masculinos de *a veces soy un completo idiota*. ¿Te lo echo en cara constantemente?

—Sí. Justo ahora, por ejemplo.

La conversación se fue haciendo cada vez más baja hasta que finalmente se trasladó completamente al exterior. Sin embargo, me quedé en cuclillas un rato más hasta estar completamente segura de que Elli estaba fuera de alcance.

Increíble. ¡Qué subidón de adrenalina! Un poco ajustado para mi gusto, pero emocionante de todos modos.

Elli detuvo el coche poco después de que pasáramos el oxidado cartel de Merryville y nos detuvimos frente al taller donde estaban reparando a Molly. Me miró muy seriamente, tan seria como si hubiera una crisis de mediana gravedad.

—Conozco un secreto.

—¿Qué? —Jadeé en pánico.

—Ya sabes. Un secreto súper secreto.

Empecé a hiperventilar. ¿De qué demonios estaba hablando Elli? ¿De mi huida de Montana? ¿De que no sabía montar a caballo? ¿O del asunto con Caleb? Fuera lo que fuera que Elli hubiera descubierto, tenía que prepararme para lo peor.

Dios mío, ¿cuándo me había convertido en una de esas personas que tenían más secretos que no-secretos?

—De verdad que no sé de qué estás hablando —dije, esforzándome por esbozar una sonrisa medio inocente.

Mi pobre corazón latía como loco, y si Elli no revelaba pronto de qué se trataba, me iba a desmayar. Ya podía ver el titular: *¡Faye Fanning se desmaya debido a demasiados secretos!*

Elli cruzó los brazos sobre el pecho y se recostó en el asiento del conductor.

—Por supuesto que no sabes nada, si no, no sería un secreto.

Uf, me había salvado. No se trataba de un secreto mío. Me recosté aliviada en el asiento y observé por la ventana cómo el mecánico subía un enorme camión a la plataforma elevadora, que crujía bajo el peso.

—Tierra llamando a Faye, ¿sigues ahí?

—Oh, sí, sigo aquí. ¿De quién se trata entonces?

—De Caleb —Mis ojos se agrandaron.

—¿De Caleb? —Repetí su pregunta mientras intentaba calmar mi pulso.

—Por supuesto que de Caleb. ¿Qué pensabas? —Elli me miró con curiosidad. A la encantadora de caballos no se le escapaba nada.

—Ah, no importa —dije, haciendo un gesto con la mano e intentando mantener la calma lo mejor posible—. ¿Qué pasa con su secreto?

—Caleb está planeando una cabalgata romántica.

Miré a Elli con ojos críticos. ¿Acababa de mencionar a Caleb y romanticismo en la misma frase? Caleb era muchas cosas, pero seguro que no un romántico en el sentido convencional. Me di cuenta de eso a más tardar cuando sacó las velas del cajón.

—No me mires así —Elli hizo un puchero.

—¿Estás segura de que no oíste mal?

—Nop —Elli puso las manos firmemente en sus caderas—. No hay otra razón por la que haya intercambiado los pastizales conmigo.

Todavía tenía signos de interrogación escritos en la cara, lo que expresé con una ceja levantada.

—Revisar cercas, contar el ganado, ya sabes, trabajo de rancho.

—Ah, sí. *Trabajo de rancho* —Me reí más fuerte de lo que debería y aproveché la oportunidad para levantarme y evitar más conversaciones incómodas.

Sacudí la cabeza desconcertada al darme cuenta de que era la personificación de *huir de los problemas*.

Elli siguió parloteando alegremente sin notar mi huida.

—Intercambiamos pastizales, y yo hice el mejor trato. A cambio, él tiene ahora el Red Lake. Me creas o no, puedes prepararte para el romanticismo.

—Ya veremos —respondí con una sonrisa torcida. Todavía no podía imaginarme cabalgando hacia el atardecer, observando luciérnagas en el Red Lake y calentándonos junto a una fogata crepitante.

Elli se asomó por la ventana. —Pero no lo has oído de mí, ¿vale?

—Vale. Pero entonces la visita al mecánico también será un secreto.

—Faye Fanning y yo tenemos un secreto. Oh, Dios mío —Elli chilló emocionada antes de aclararse la garganta y ponerse más seria—. Perdona, de vez en cuando soy una fan normal y corriente.

—No tienes que ser mi fan, solo soy vuestra invitada —respondí avergonzada. No importaba cuánto tiempo llevara de gira por Estados Unidos, simplemente no podía acostumbrarme a esto.

Antes de que pudiera surgir una discusión sobre si era una estrella o no, me dirigí al taller para hablar con el mecánico.

—Oye, necesito acercarme un momento a mi coche —dije, señalando a Molly, que estaba aparcada al otro lado del estacionamiento, brillando con su antiguo y nuevo esplendor.

—Adelante —gritó alguien desde debajo del elevador. Era el dueño, Franky, quien también había remolcado a Molly después de que Caleb partiera mi coche en dos mitades. Fingí no haberlo oído y me acerqué más.

—Necesito pedirle un favor —susurré de manera críptica, luego saqué un billete de doscientos dólares de mi cartera—. ¿Puede Molly quedarse aquí un poco más de tiempo?

Era una idea tonta, pero no sabía cómo justificar de otra manera el poder quedarme aquí más tiempo. No quería que terminara antes de lo necesario. Caleb me había mostrado un mundo completamente nuevo y yo aún no estaba lista para volver al mío.

Franky me miró desconcertado. Antes de que pudiera responder, le entregué el dinero y di dos pasos atrás cuando intentó devolvérmelo.

—¡Por favor, es realmente muy importante! —Puse mi mejor cara de cachorro y junté mis manos como si rezara.

—Que alguien entienda a los jóvenes de hoy —dijo sacudiendo la cabeza—. El coche puede quedarse todo el tiempo que quieran, ¡pero por favor dejen de darme dinero por eso!

—¡Gracias! —Estaba tan emocionada que ni siquiera noté el significado exacto de sus palabras.

Alegremente, me acerqué a Molly, llené una bolsa de lona con mi ropa y volví trotando hacia Elli, quien me miró de manera significativa.

—No es lo que parecía —solté de repente cuando volví a subir a la camioneta de Elli.

—No tengo ni idea de a qué se parecía *eso*, pero no voy a preguntar más.

Le agradecí con un suave suspiro y nos dirigimos directamente al Sue's Diner. Aunque no lo dejé ver por fuera, el comentario de Elli sobre lo que Caleb había planeado me preocupaba. ¿Había algo mal conmigo porque anhelaba más las lecciones con su cinturón que el sexo mientras llovían pétalos de rosa desde la cama con dosel?

Caleb, ¿qué me estás haciendo?

Capítulo 15 – Caleb

El sol del mediodía brillaba con toda su fuerza sobre los pastos traseros del este, y yo estaba condenadamente agradecido de que pronto alcanzaríamos nuestro sombreado destino. Chasqueé la lengua para que Tiptoe cambiara del paso al trote suave.

—¡No tan rápido, Caleb! —me regañó Faye. Agarraba el pomo de la silla con ambas manos.

—Podrías acompañar los movimientos mucho más fácilmente si tus pies estuvieran en los estribos. —Para ilustrarlo, hice algo que nunca había hecho en toda mi vida: imité el estilo de monta inglés, levantándome al ritmo del trote.

—¡No a estas velocidades vertiginosas! —Faye sacudió la cabeza con vehemencia. Admitido, para tener las piernas colgando libremente, tenía una postura bastante buena, si no fuera por el miedo que la bloqueaba.

—Seguiremos trotando hasta la puerta —dije con calma.

Sabía que podía llevar una eternidad hasta que el miedo desapareciera, pero tenía la esperanza de que mi terapia de confrontación pronto diera frutos; de lo contrario, ambos pareceríamos unos tontos en el torneo, después de todo, mi buena reputación también dependía del éxito de Faye.

Ya se había corrido la voz por toda la zona de que yo la estaba entrenando. Ese tipo de cosas se extendían en Merryville más rápido que un incendio forestal después de un período de sequía.

—¿Dices eso solo para que me acuerde de tu cinturón, verdad?
—Faye me lanzó una mirada seria, casi acusadora.

—¿Te acuerdas del cinturón?

—Con cada movimiento individual. —Puso los ojos en blanco, lo que le valió unos cuantos azotes más en la próxima ocasión.

—Bien. —Sonreí satisfecho, luego seguí animando a Tiptoe mientras mi mirada recorría el prado. Mi último paseo a caballo aquí había sido hace tanto tiempo que casi había olvidado cómo era en Red Rivers.

Faye jadeó ruidosamente. —¿Aún más rápido? ¡Ni lo sueñes!

—Si quieres tener un orgasmo hoy, no deberías hacerme esperar demasiado —gruñí, sin disminuir mi ritmo.

Aunque era una chica inteligente, a veces se comportaba bastante tontamente. Ahora, por ejemplo, me estaba provocando al hacer que Pokerface se detuviera y se acercara a mí a paso de tortuga.

Cuando nuestras miradas se cruzaron y notó que estaba a punto de estallar, sonrió satisfecha.

—¿Caleb? —preguntó cuando finalmente cruzó la puerta.

—¿Faye?

—¿Sabes que eres un maestro bastante malo? —Dejó caer las riendas para poner sus manos en las caderas. Era la primera vez que Faye no estaba ocupada aferrándose al sillín en pánico.

—Puede ser. —Me encogí de hombros sin inmutarme—. Pero soy el único maestro que tienes.

—Touché. —Faye miró la puerta cerrada de la valla—. ¿Quién de nosotros se baja ahora? Si me preguntas, diría que aquel de nosotros que no tiene marcas en este momento.

—Realmente no tienes ni idea del trabajo en un rancho —respondí sacudiendo la cabeza. Luego le demostré a Faye que también se podían abrir y cerrar puertas desde la silla. El único requisito era un jinete que supiera montar.

—Aquí tiene, milady. —Con un gesto amplio, abrí la puerta de la valla.

—Gracias, señor.

Maldita sea, me encantaba con cuánta devoción enfatizaba *señor*. Incluso cuando se suponía que era burlón, porque Faye no podía ocultar su deseo por mí. Sabía muy bien lo húmeda que ya estaba por mí. Toda la noche había estado suspirando suavemente en sueños, y durante toda la mañana, sus miradas suplicantes me habían seguido. Faye casi se quemaba de lujuria, y estaba casi seguro de que un solo susurro bastaría para provocarle un orgasmo.

Pobre chica valiente. Tenía que aguantar un poco más. Mis lecciones eran duras, pero conocía exactamente los límites entre los que me movía.

Qué suerte que Faye hubiera terminado precisamente conmigo para probar sus límites, al menos para mí.

Después de pasar la puerta y cerrarla de nuevo, continuamos nuestro paseo.

—¿Qué estamos haciendo aquí exactamente? —preguntó Faye con curiosidad.

—Estamos cabalgando a lo largo de nuestros límites para revisar las vallas. Siempre hay algo roto en alguna parte, y no hay que facilitarles

las cosas a los ladrones de ganado más de lo que ya es robar vacas.
—Merryville era un lugar tranquilo, aquí no pasaba mucho, y eso era precisamente lo que hacía atractivo el lugar para potenciales ladrones.

—¿Hay gente que roba ganado? —Faye me miró frunciendo el ceño.

—Sí. Ya oíste al sheriff cuando me *interrogó*. En este momento hay algunos criminales que están cruzando Texas, desde Austin hacia el sur. —Para mi gusto, el sheriff Cooper me había interrogado demasiado en serio como para tomarlo como una broma. Como si yo tuviera tiempo para vender ganado robado.

—Vaya. Pensé que eso solo se veía en las películas del Viejo Oeste.

—Ojalá fuera así.

Continuamos cabalgando por el estrecho camino que atravesaba dos campos de trigo. Los movimientos de Faye en la silla se volvían cada vez más naturales, aunque seguía negándose vehementemente a usar los estribos como estaban destinados.

—¿Cómo es que tienes esta imagen de campesina cuando no sabes nada, absolutamente nada sobre la vida en el campo? —indagué. Por supuesto, nunca habría admitido que había hecho mis propias investigaciones sobre Faye, pero en caso de duda, habría usado a Elli como excusa, quien de hecho hablaba de ella sin parar.

—Bueno, Tony quería convertirme en la próxima Bonnie Buckley, así que también necesitaba un currículum de Bonnie Buckley.

—¿Y qué querías tú?

Faye me miró confundida. —¿Cómo que qué quería yo?

Su contrapregunta me confundió a su vez. —¿Querías ser la próxima Bonnie Buckley?

—Nadie me había preguntado eso antes. —Avergonzada, se apartó un rizo castaño a un lado para disimular cómo se sonrojaban sus mejillas. Me mordí la lengua para no soltar ninguno de mis comentarios cínicos y mordaces, porque en ese momento no tenía nada más que desprecio por la industria musical. Y yo que pensaba que los jinetes de toros eran despiadados, pero eso no era nada comparado con lo que Faye contaba.

La miré, exigiendo silenciosamente la respuesta que aún me debía.

—Solo quería ser Faye Fanning y hacer música —reflexionó Faye, ladeando la cabeza—. Mientras tanto, han pasado bastantes cosas.

—Dos álbumes de platino y un compromiso roto —resumí brevemente los últimos años.

—Gracias por reabrir viejas heridas —respondió Faye con amargura.

—¿Los premios? Otros se alegrarían por ellos.

—Ja, ja. No tiene gracia, Caleb —puso los ojos en blanco, pero yo sabía perfectamente que mi comentario no la había herido. Fuera lo que fuera lo que hubiera sentido por ese pelele, estaba lejos de ser amor verdadero; bastaba con ver una foto de los dos.

—Bromas aparte. El rechazo fue una mierda, pero mantengo mi opinión de que tus amigos se merecen el uno al otro —hice una pausa significativa—. Tú te mereces que alguien realmente cuide de ti para que no te metas en líos.

—Déjame adivinar, tan desinteresado como eres, has asumido ese trabajo.

Asentí. —Por supuesto. Alguien tiene que hacerlo.

—Qué suerte que aún queden caballeros de brillante armadura —murmuró Faye con cinismo.

—No soy un maldito caballero.

—¿Y entonces quién eres?

—No soy el *bueno* de la historia.

Sus ojos de diamante se agrandaron como lunas.

—Sin embargo, eres tú quien cuida de mí.

Volví a asentir, pero esta vez guardé silencio para frenar la conversación. Demonios, ¿cómo iba a hablar con Faye sobre lo que había entre nosotros cuando ni yo mismo sabía qué era exactamente? Todo este asunto de los sentimientos era nuevo para mí, pero Faye era la primera mujer por la que estaba dispuesto a correr un riesgo.

El sol de la tarde quemaba sin piedad cuando por fin alcanzamos nuestro destino. Apenas podía esperar para refrescarme en las claras aguas del Red Lake. Incluso los caballos tiraban impacientes de las riendas. Me bajé de la silla y ayudé a Faye a desmontar.

Cuando aterrizó torpemente sobre sus pies, tambaleándose peligrosamente en todas direcciones, sujeté sus caderas para sostenerla.

—Cielos, ¿cómo aguantáis esto todo el tiempo? —me preguntó por encima del hombro, permitiéndome inhalar el aroma a lavanda de su cabello.

—Es pura costumbre —dije con calma.

—¿Qué probabilidades hay de que me acostumbre a todo esto antes de la competición?

Reflexioné brevemente sobre qué responder. El maldito torneo me deprimía, porque la partida de Faye pendía como una espada de Damocles sobre el evento, justo encima del podio en el que yo estaba.

—Muy altas —dije finalmente.

—Ah, claro. Tú crees que ganaré un trofeo —Faye me sonrió con descaro, y cuando solté sus caderas porque ya estaba estable, hizo un puchero.

—Así es, y lo digo en serio —aflojé la cincha de Tiptoe y quité la silla de su lomo—. Pero no dejes que se te suba a la cabeza.

—Jamás lo haría —Faye me sonrió dulcemente antes de desensillar también a Pokerface.

—Más te vale —enganché mis pulgares en el cinturón, encarnando con esta pose todos los clichés que los chicos de ciudad como Faye tenían sobre los vaqueros.

Después de guardar las sillas, cambié los frenos por cabezadas de nudo, pero no até a los caballos. Con este calor, ningún caballo se movería más de lo estrictamente necesario.

—¿Lista para refrescarte? —Me quité la ropa sudada, pero Faye dudó.

—¿Esto va a ser algo *romántico*? —La manera en que pronunció "romántico" no auguraba nada bueno.

—¿De dónde has sacado esa idea descabellada?

—Bueno —comenzó Faye, arrastrando las suelas de sus botas por el suelo seco y polvoriento—, puede que Elli haya insinuado algo.

Estaba atónito. Me habían acusado de muchas cosas, ¡pero esto rayaba casi en el insulto! ¡Yo y el romanticismo!

—No sé de dónde ha sacado mi hermana esa idea, pero deberías quitarte de la cabeza inmediatamente la idea de que yo pudiera ser romántico.

—¡No te imaginas lo aliviada que estoy!

Había esperado muchas reacciones, pero definitivamente no alivio.

—¡Vas a tener que explicarme esa reacción con más detalle! —exigí. Al mismo tiempo, despojé a Faye de su blusa, que arrojé al montón de ropa. Su respiración se aceleró, y sus pezones erectos se marcaban a través de la tela del sujetador.

—Me gusta que no seas romántico —respondió Faye. Nadie me había dicho eso antes.

—¿Así que te gusta cómo te protejo?

—Me encanta cómo cuidas de mí —me corrigió. *Joder*. Si aún hubiera llevado los vaqueros puestos, se me habrían quedado muy apretados en ese momento.

Le quité a Faye la poca ropa que le quedaba y la agarré por la muñeca, sin molestarme en mirar alrededor. En días como hoy, nadie se quedaba fuera voluntariamente.

—Espera, ¿no pretenderás saltar al lago?

—Claro que sí. ¡Ven conmigo! —ordené y me puse en marcha. En realidad, no le dejaba otra opción que seguirme, aunque intentaba oponer resistencia con su peso pluma. Solo cuando ella misma sintió que el agua cristalina era un alivio contra el calor, se dejó arrastrar más adentro por mí.

Faye echó la cabeza hacia atrás con deleite y dejó escapar un suave gemido.

—Esto se siente increíblemente bien.

—Pareces sorprendida.

—Lo estoy —Faye asintió enfáticamente antes de mojar sus brazos con el agua fresca.

—Estás de broma —mi tono era seco, y esperaba que Faye soltara una de sus adorables risitas que mostraban sus hoyuelos, pero se mantuvo seria y solo se encogió de hombros.

—Faye Fanning, ¿cómo demonios has logrado convertirte en una chica de ciudad en Montana?

—No esperaba oír clichés precisamente de la boca de un vaquero —se echó hacia atrás y nadó unos pasos de espaldas antes de enderezarse y esperar mi respuesta.

—No saber montar a caballo es una cosa. Pero crecer en una de las zonas más naturales de América sin haber entrado en contacto con la naturaleza es algo completamente distinto.

Nadé hacia ella y emergí del agua, de modo que mi sombra se proyectó amenazadoramente sobre ella. —Creo que debería asegurarme de que conozcas las ventajas de un lago lo antes posible.

—¿Será otra lección? —Se mordió el labio inferior de forma seductora.

—Algo así —respondí—. Pero una que termina con una recompensa porque has sido una buena chica y has venido a caballo conmigo hasta aquí.

—¡Por fin! —Faye exhaló audiblemente, pero al ver mi mirada seria, moderó inmediatamente su reacción—. Quiero decir, ¡gracias, señor!

Atraje su cuerpo delicado hacia mí y la besé apasionadamente. Por fin no había tela molesta entre nosotros que me impidiera agarrar sus caderas femeninas.

Ella dejó escapar un suave gemido al sentir mi erección presionando contra ella. Mi polla quería follarla, dura y profundamente, pero tenía otros planes que ya no podía postergar.

Faye saltó sobre mí, rodeando mis caderas con sus muslos y exigiendo más besos salvajes, que le permití. Mientras tanto, jugué con su lengua, mordisqueé su labio inferior carnoso y gruñí suavemente contra su boca.

Maldita sea. Incluso el agua, que hasta hace poco estaba fría, parecía estar hirviendo ahora. Faye parecía sentir lo mismo, pues su pecho subía y bajaba rápida e irregularmente.

—Por favor, tómame de una vez —suplicó en voz baja. El deseo en su voz era inconfundible.

—¿Crees que te has ganado tu recompensa?

—Eso lo decides tú, Caleb —respondió gimiendo.

—Buena respuesta. —Una muy buena respuesta, de hecho, porque no podía rebatirla, incluso si realmente hubiera querido.

Mi erección se frotaba contra su punto más sensible, y estaba a solo un suspiro de follarla, pero me contuve. Aquí en el agua se ofrecía algo completamente diferente, sobre lo que había estado fantaseando toda la mañana.

—Relájate —susurré en su oído. Faye no me respondió, lo que en su lenguaje significaba algo así como un consentimiento silencioso, de lo contrario me habría contradicho. Con cuidado, deslicé sus piernas de mis caderas, di dos pasos atrás y tiré de Faye por la parte posterior de las rodillas hasta que quedó tumbada de espaldas sobre el agua. Extendió sus brazos y miró confiada al cielo sin nubes. Agarré las caderas de Faye, puse sus piernas sobre mis hombros y la atraje hacia mí, disfrutando de la vista perfecta que se me ofrecía.

Soplé suavemente contra sus muslos donde la piel era más suave y un temblor recorrió su cuerpo. Faye reaccionaba con sensibilidad, por supuesto, después de todo había estado despertando anhelos todo el día que quedaron insatisfechos. Hasta ahora. Ahora se había ganado un orgasmo, y yo también me había ganado su orgasmo. Maldita sea, en realidad deberían darme una medalla por haber podido contenerme tanto tiempo.

Besé su monte de Venus y me deslicé lentamente hacia abajo. Faye me ofreció sus caderas con avidez, y cuando mi lengua se movió lentamente hacia abajo, hacia su perla sensible e hinchada, gimió en voz alta. *Su lujuria sabe tan deliciosa...*

Mis manos se hundieron en su trasero redondo, lo que hizo que Faye gimiera una vez más. Solo podía imaginar los sentimientos que estaban fluyendo por su cuerpo en ese momento. Rayos de sol calientes, agua fría, deseo palpitante, mi lengua entre sus piernas y esa fuerza electrizante del otro a la que simplemente no podíamos resistirnos.

—Córrete para mí —murmuré expectante. Luego puse mis labios sobre sus puntos más sensibles, chupando y lamiendo su clítoris al mismo tiempo mientras la penetraba con un dedo.

—¡Oh, Dios! —Aunque sus gritos resonaban por todo el Red Lake, estaban destinados solo para mí. ¡Mis gritos. Mis orgasmos. ¡Mi chica!

Sus muslos se tensaron y presionaron contra mis hombros, mientras su cuerpo ligero como una pluma, sostenido por el agua, producía olas cada vez más grandes. Sus manos buscaban sábanas en las que clavar sus uñas, pero solo agarraban agua vacía. Para mi deleite, Faye tomó lo único que podía agarrar: sus pechos llenos, que masajeó. Con el pulgar y el índice pellizcó sus pezones rígidos, exactamente como yo lo había hecho la última vez que la follé.

Sus ojos brillaban a medida que se acercaba al clímax. En algún momento, también tenía que mostrarle a Faye las ventajas de los orgasmos bajo el agua. Sonriendo, añadí la idea a mi interminable lista de cosas que tenía que hacer con Faye antes de dejarla ir, y para las que necesitaría toda una vida para completarlas.

Nunca te dejaré ir, Faye. Mi plan era simple, pero malditamente eficiente. Le follaba el cerebro hasta que pensara que era una buena idea quedarse conmigo.

Faye jadeaba cada vez más fuerte, y yo aceleré mis embestidas mientras chupaba su clítoris con más fuerza. Le estaba robando la razón, y ella estaba indefensa contra ello, lo cual era justo, porque ella me había vuelto loco desde su llegada.

—Mírame cuando te corras —susurré contra su piel. Faye me obedeció y mantuvo contacto visual conmigo. Sus ojos de diamante brillaban, su boca estaba bien abierta y cada fibra de su cuerpo se tensaba. Maldita sea, se apretaba tan estrechamente alrededor de mis dedos que mi erección se ponía cada vez más dura.

Faye se corrió intensamente, sin apartar su mirada de mí. *Buena chica.* Me gustaba extraordinariamente ver la locura y el fuego en sus ojos cuando una ola caliente recorría su cuerpo, una ola que yo había desencadenado.

Solo lentamente la respiración irregular de Faye se calmó, mientras la atraía hacia mí y ella apoyaba su cabeza en mis hombros. Estaba exhausta, pero en sus labios había una sonrisa satisfecha.

—Esa fue una recompensa bastante agradable —susurró Faye.

—Suena como si viniera un *pero* —respondí gruñendo.

—*Pero*, tu cinturón también es bastante notable.

Sonriendo, eché un vistazo rápido al montón de ropa en la orilla. Me gustaba bastante mi cinturón, y las formas en que podía darle un uso diferente.

—¿Todavía estás sin aliento y ya estás pensando en la siguiente ronda? —Fruncí el ceño y ella se encogió de hombros.

—Soy simple, eso es todo.

No, Faye. No eres nada fácil de entender. Al contrario, era tan profunda y fascinante porque a veces era tan impredecible.

Maldita sea, Faye nunca debía enterarse de que pensaba así de ella. Mis sentimientos por ella eran un polvorín, y si llegaba a olerlos, todo el asunto podría estallar en nuestras caras.

Capítulo 16 – Faye

Suspirando, volví a colocar la escoba contra la pared del granero. Había barrido todo el granero hasta dejarlo impecable, dos veces. No porque me hubiera entrado un ataque de laboriosidad, sino para que pareciera natural si me encontraba con Elli.

En las últimas semanas había aprendido y trabajado tanto que esto se sentía como mi vida real. No la vida en Montana, por la que había asumido todo este trabajo en primer lugar.

—Nunca había estado tan limpio aquí —observó Caleb impresionado—. ¿Puede ser que me estés evitando?

—¿Yo? ¡No! ¿Cómo se te ocurre? —Me esforcé al máximo por parecer inocente, pero no pude sostener la mirada conocedora de Caleb por mucho tiempo—. Sí, vale. Culpable.

—¿Sabes lo que eso significa?

—Sí, señor. —Asentí con aire culpable, pero el resto de mi cuerpo hormigueaba de emoción. Caleb no había perdido nada de su encanto con el tiempo, al contrario, me fascinaba cada día más. Y la idea de tener que irme lejos de él y de Red River me rompía el corazón. Hasta la competencia solo quedaban

—¿Por qué estás holgazaneando en el establo en lugar de entrenar con Pokerface?

—¿Por qué me persigues cuando deberías estar entrenando con Tiptoe?

Caleb agarró mis caderas y me atrajo hacia él. Su áspera barba incipiente me hacía cosquillas en el cuello, y sentí cómo presionaba su dureza contra mi trasero.

—¿Cuántas veces te he dicho que no respondas a mis preguntas con otra pregunta?

Vaya. Sus amenazas hacían palpitar mi bajo vientre, y la idea de cruzar mis límites, solo para que me castigara después, me hizo estremecer.

—Tantas veces que deberías cuestionar tus métodos educativos.

Le sonreí lascivamente antes de soltarme de su abrazo y agarrar un rastrillo. Los boxes vacíos no se limpian solos.

—Realmente debería hacerlo. —Su voz había cambiado y se volvió áspera, como un trueno profundo que anuncia una fuerte tormenta de verano. Inmediatamente me arrepentí de mi provocación, pero eso ya no me ayudaba. Con más confianza de la que sentía en ese momento, tomé una carga de heno para esparcirla en el primer box. Caleb me siguió al box y cerró la puerta detrás de él. No había remedio, había convocado la tormenta, ahora tenía que enfrentarla.

Sonriendo, Caleb hurgó en el bolsillo de su pantalón. Su sombrero sumía su rostro en una sombra siniestra, y retrocedí hasta chocar contra la pared de madera.

—Sabes, Faye —comenzó, con voz gutural y profunda, mientras se acercaba cada vez más a mí—. He estado esperando toda la maldita mañana a que hicieras algo estúpido.

Fruncí el ceño cuando sacó unas pequeñas pinzas plateadas.

—¿Has tenido *esas* en el bolsillo todo este tiempo?

—Sí. Y como te conozco, sabía que no pasaría mucho tiempo antes de que pudiera castigarte con ellas.

Mi mirada iba y venía entre las pinzas en su mano y sus ojos. Nunca había visto cosas como esas, pero podía imaginar para qué servían.

—¿Ahora? ¿Aquí?

—Ahora y aquí.

Presioné mi espalda aún más fuerte contra la pared cuando Caleb me quitó el rastrillo y lo apoyó contra la pared opuesta.

—Puedo ver que quieres suplicar, Faye. Pero te doy un buen consejo: no lo hagas.

Caleb tenía razón, suplicar nunca me había ayudado. En ese aspecto, era despiadado - y si había aprendido algo, era que Caleb siempre cumplía su palabra. Sin importar en qué sentido.

—Abre tu blusa.

Me mordí los labios antes de abrir mi blusa a cuadros marrón. Un temblor recorrió mi bajo vientre porque Caleb me hacía ejecutar una parte de mi castigo yo misma. Era humillante ser castigada, pero que me hiciera castigarme a mí misma era aún más degradante. No sé cómo lo lograba, excitarme en tantos niveles diferentes, pero lo conseguía cada día.

Cuando mi blusa estuvo abierta, subió mi camiseta blanca junto con el sujetador. Mis pezones ya estaban duros, y tan sensibles que la corriente de aire en el establo bastó para arrancarme un suave gemido.

Con sus caderas, Caleb me presionó firmemente contra la pared y me robó un beso. Cielos, si no me hubiera sostenido con su cuerpo fuerte, me habría caído porque mis piernas cedieron.

Con la punta de su lengua lamió mis sensibles capullos, y cuando ya no pude contener mi gemido, me presionó una mano contra la boca para ahogar mis sonidos. Era solo cuestión de tiempo antes de que alguien nos pillara, pero reaccionaba tan intensamente a Caleb que simplemente no podía controlarme.

Con un movimiento rápido, la primera pinza se cerró de golpe, y aspiré bruscamente. La siguiente pinza siguió un segundo después. No estaban particularmente apretadas, pero las sentía con cada latido del corazón. Los límites entre dolor y excitación se habían fundido y no sabía dónde terminaba uno y empezaba el otro. Si las cosas permanecían en su lugar el tiempo suficiente, me provocarían un orgasmo.

Por un momento más, Caleb observó mis pechos, luego arregló mi ropa. Ya no se veían las pinzas bajo la blusa suelta, pero las sentía muy claramente. Y tenía la incómoda sensación de que con cada respiración se sentían un poco más intensamente.

—Cuando creas que has sido suficientemente castigada, puedes pedirme que te quite las pinzas.

Oh, empezaba. Si Caleb me dejaba decidir la duración del castigo, era una mala señal. Luego continuó: —Y ahora puedes seguir con lo que sea que estuvieras haciendo antes.

—Estaba esperando a Elli —murmuré distraídamente.

Caleb se puso alerta. —¿No será por lo que creo? —Mi silencio fue respuesta suficiente; por supuesto que se trataba exactamente de eso.

—Quítate de la cabeza ahora mismo que ella tendrá una opinión diferente a la mía.

—Sí, sí. Todos son leyendas, profesionales y leyendas profesionales, ya lo sé —dije con un gesto de fastidio. Puede que tuvieran unos años —o décadas— más de experiencia que yo. Pero eso no le daba a Caleb derecho a callarme. Tenía un muy buen presentimiento, ¿y qué daño podría hacer un pequeño intento?

Quise salir del establo, pero Caleb me agarró del brazo.

—Este no es un tema sobre el que voy a discutir contigo, y maldita sea, no es un juego. Así que déjalo, Faye. De ninguna manera vas a montar a Troublemaker.

—¿Crees que solo quiero jugar? —Lo miré seriamente—. Sé que funcionará.

—¿Y cómo lo sabes?

—Simplemente lo sé. Además, tú mismo dijiste que tenía un talento natural.

Puse las manos en las caderas y saqué pecho. A estas alturas, montaba tan bien que habíamos hecho cabalgatas conjuntas con Elli y June sin que se notara mi falta de experiencia.

—Aun así, eres una principiante total, que todavía le tiene miedo a los malditos estribos.

—Auch. —Sus palabras realmente me habían herido, sobre todo porque había dicho cada palabra exactamente como la pensaba.

Me zafé de su brazo y salí marchando. Caleb me siguió el paso, gruñendo en voz baja.

—Faye, no quise decir eso.

—Sí, sí quisiste.

Caminé sin rumbo por el patio, tratando de escapar de la situación. Por casualidad, Elli venía hacia nosotros, intentando manejar a tres caballos cuyos lazos se habían enredado entre sí.

—Oye Faye, ¿puedes ayudar un momento? —Fuera suerte o no que apareciera justo ahora, aún tenía que averiguarlo. Me acerqué a ella, lo que lamenté de inmediato, y agarré a Trouble por el cabestro hasta que encontré la cuerda correspondiente. Mientras tanto, intenté mantener mi respiración lo más calmada posible, porque las pinzas se volvían más dolorosas con cada paso.

El semental me saludó resoplando, hurgando con sus fosas nasales en mi cabello. Acaricié el pelaje dorado del caballo y lo saludé en voz baja. En las últimas semanas, Trouble y yo habíamos tenido muchos encuentros junto a la valla, donde venía a buscar mis caricias. Sin importar lo que dijera Caleb, ¡esos ojos color caramelo y bondadosos hablaban un lenguaje completamente diferente!

—Gracias, estos tres son más difíciles de controlar que un saco de pulgas —dijo Elli, sacudiendo la cabeza.

—Claro, no hay problema. Y ya que te tengo al teléfono, literalmente, me gustaría hablar contigo sobre algo.

—Dispara. —Elli seguía desenredando las cuerdas de los otros dos caballos.

—No, no va a disparar —murmuró Caleb, que apareció detrás de mí.

—¡Claro que lo haré! —protesté. Me volví hacia Elli—. La competencia es pronto, y creo que deberíamos hablar sobre con qué caballo voy a participar.

—¿Hay algo mal con Pokerface? —Elli me miró con escepticismo.

—No, es genial, de verdad. —Uf, esto era más difícil de lo que pensaba, porque Pokerface era realmente un caballo maravilloso, con él había aprendido a montar, y su inquebrantable benevolencia me había quitado muchos miedos. Aun así, tenía la sensación de que debía darle una oportunidad a Troublemaker; era un impulso que simplemente ya no podía reprimir.

—¿Pero? —Elli nos miró alternadamente a Caleb y a mí.

—Pero Faye ha estado demasiado tiempo bajo el sol y por eso solo tiene ideas descabelladas —intervino Caleb sin que se lo pidieran. Traté de ignorar sus objeciones lo mejor que pude.

—Creo que debería intentarlo con Troublemaker.

Los ojos de Elli se agrandaron y se detuvo por un momento. —¿Tú y Trouble?

—Sí. —La miré con convicción. ¿Por qué todos se sorprendían tanto cuando sacaba el tema? ¿Tenían una impresión equivocada de mí o del caballo?

—No creo que sea una buena idea. Ya sabes cómo es en el entrenamiento.

Elli había ganado la batalla contra las cuerdas enredadas y continuamos nuestro camino hacia el corral.

—En tu entrenamiento —corregí a Elli con confianza. Caleb nos alcanzó y le quitó uno de los otros caballos a Elli.

—Sí. Y mi hermanita entrena caballos desde que tiene unos tres años. —Caleb me lanzó una mirada significativa antes de continuar—: ¿Cómo crees que será el entrenamiento contigo?

Resoplé suavemente, lo que provocó que un dolor agudo atravesara mis pezones. Si Caleb supiera cuánto lo odiaba por las pinzas, seguramente nunca me dejaría andar sin estas pinzas para pezones, de eso estaba segura. Necesité un segundo para recomponerme.

—Bueno, resumiré brevemente mis pensamientos para ustedes. No me gustan las sillas de montar, a Trouble le gustan aún menos, además nos llevamos bien. Le gusta mi sombrero de vaquero. —Hice una breve pausa y miré al pequeño ladrón a mi lado, que se apoderaba de mi sombrero en cada oportunidad que se le presentaba—. Y yo también amo este sombrero. Un intento no hace daño.

—Hmm. —Elli me dedicó una sonrisa forzada que ya anunciaba su respuesta—. Lo siento, pero creo que Trouble aún no está listo.

—Y tú tampoco —dijo Caleb asintiendo.

Yo no estaba de acuerdo. Ambos estábamos más que listos, solo teníamos una mala relación con las sillas de montar, al menos esa era mi teoría. Además, estaba bastante segura de que el semental también quería correr alrededor de los barriles, por lo atento que estaba a cada entrenamiento de Caleb.

—Os demostraré que estáis equivocados.

Decidida, llevé a Trouble más cerca de la valla que rodeaba la pequeña pista de equitación donde Caleb había entrenado con Tiptoe esta mañana. Luego trepé a los listones intermedios de la valla, que usé como ayuda para subirme al lomo del caballo.

—Esta es nuestra oportunidad de demostrar que los dos están equivocados —susurré. Trouble aguzó las orejas e infló sus fosas nasales, lo que interpreté como un *sí*.

—¡Elli! —me regañó Caleb, pero lo ignoré. Chasqueé la lengua y envié una silenciosa plegaria al cielo para que mi intuición fuera correcta, o de lo contrario tendría un gran problema en un momento. Solo tenía una cuerda de guía y mi peso corporal para dirigir a Trouble, nada más.

Afortunadamente, el semental trotó automáticamente hacia la pista de equitación, y gracias a los músculos apretados, nunca había estado sentada tan erguida. Sin la silla, podía sentir los músculos bajo el lomo de Trouble, y cuando se tensaron, supe que era mejor aferrarme a su larga crin.

Un segundo después, aceleró a toda velocidad y yo solté un chillido cuando volamos alrededor del primer barril. Cielos, no esperaba que fuéramos tan rápidos que el viento me hiciera llorar.

Rodeamos el siguiente barril también sin errores, y Trouble levantó la cabeza de alegría antes de rodear el último bidón y correr de vuelta al punto de partida.

Guau. La adrenalina que corría por mi cuerpo era incomparable, y ahora entendía por qué Caleb amaba tanto su trabajo.

Doble guau cuando vi las caras de Caleb y Elli, que no sabían qué decir.

Casi como si no hubiera sido una reacción impulsiva, sino algo planeado con confianza, me deslicé del lomo de Trouble y les sonreí a ambos.

—¿Veis? Os dije que nos habíais subestimado.

—Maldita sea, Faye —murmuró Caleb y se frotó la barbilla. Elli no pudo articular palabra, sino que nos miraba como si acabara de ver un fantasma.

Caleb sacudió la cabeza y me lanzó una mirada furiosa y sexy. —Eso fue suerte en la desgracia.

—No. —Troté ágilmente junto a él para provocarlo aún más. El hecho de que casi tuve un pequeño orgasmo lo disimulé con pasos aún más dinámicos—. Esa fue la prueba de que Trouble y yo deberíamos competir juntos en el concurso.

Elli, que finalmente había salido de su estado de shock, miró a Caleb sorprendida.

—Sabía que eras un buen entrenador, pero ¿*tan* bueno? ¡Increíble! ¿Viste con qué precisión tomaron las curvas?

En realidad, hasta ahora solo había tomado los barriles al paso y al trote, porque mis pies simplemente no querían quedarse en los estribos al galope.

—Y todo eso sin silla —añadí con énfasis. *¡Y decían que se necesitaba una silla!*

—Bueno, a mí me habéis convencido —dijo Elli—. ¿Y a ti, Caleb?

—Por mí vale. Aun así, tenemos que tener una seria conversación, Faye.

No esperaba otra cosa de él, porque no solo había ignorado sus reglas y prohibiciones, sino que también había arañado su orgullo. Mi corazón aún latía con fuerza en mi pecho, y estaba casi segura de que el castigo de Caleb, fuera cual fuera, me proporcionaría un merecido orgasmo.

—Bien. Entonces también podemos hablar de nuevo sobre si realmente se necesita una silla o no.

—Para los torneos se necesita una silla —respondió Caleb secamente.

—¿Qué? —Su respuesta me atravesó como un rayo. Miré interrogante a Elli—. ¿Es cierto eso?

—Sip. —Se encogió de hombros.

Genial. Definitivamente me había pasado de la raya. Justo ahora estaba, como Ícaro, volando alto hacia el sol, y *zas*, mis alas se incendiaron y caí en picado.

Caleb, por otro lado, sonrió con cierta suficiencia, y supe de inmediato que tendría que ganarme mi orgasmo con mucho esfuerzo, y me refiero a mucho esfuerzo. ¡Cielos, cómo me encantaban esas miradas sombrías!

Capítulo 17 – Faye

Observé fascinada cómo poco a poco todo Merryville se reunía para la fiesta de barbacoa de Sue.

—Nunca había visto tanta gente aquí —murmuré.

—Solo ves tanta gente cuando hay barbacoas o monta de toros —respondió Elli sonriendo mientras mordía una hamburguesa. Luego miró a Caleb, que estaba de pie a mi lado—. E incluso eso no atrae a todos.

—¿Qué? ¿Caleb es un solitario gruñón? —pregunté fingiendo estar conmocionada.

—No lo soy. Simplemente no me gustan las fiestas, es una gran diferencia. —Caleb enganchó sus pulgares en el cinturón. Yo maldecía y adoraba esa pieza de cuero por igual.

—No hay ninguna diferencia. —Elli interpuso su veto mientras masticaba. Asentí de acuerdo con ella y robé una patata frita de su plato.

—Ya hablaremos de esto —me dijo Caleb con voz amenazante.

—Con mucho gusto —respondí sonriendo. Lo admito, apenas podía esperar, porque ¡me encantaban *esas* conversaciones! Para la barbacoa mensual organizada por el restaurante de Sue, el sheriff incluso había cerrado toda la calle. Dejé vagar mi mirada por las mesas llenas y las parrillas alineadas.

—Así que es cierto lo que dijo Caleb sobre las barbacoas.

—Sip. Ver a un texano sin parrilla es tan raro como ver a Pie Grande por allá. —Elli sonrió ampliamente.

Mi mirada se deslizó hacia el pequeño escenario montado, donde una banda con banjo, batería y guitarra western tocaba alegres canciones con las que yo marcaba el ritmo.

Caleb notó mi mirada y se inclinó hacia mí.

—En realidad, deberías estar en ese escenario —me susurró al oído.

Descarté su petición con un encogimiento de hombros.

—La banda es buena.

—Tú eres mejor.

Suspiré suavemente porque Caleb simplemente había ignorado mi indirecto *no*. En las últimas semanas, casi nunca había pensado en mi carrera o en Tony, y mucho menos en las noches de insomnio o las interminables giras.

Sacudí la cabeza e intenté apartar esos pensamientos como si fueran gotas de agua en las puntas del cabello, porque me asustaban. No quería pensar en tener que volver a Montana ni en tener que dejar Merryville.

Miré profundamente a los ojos marrones oscuros de Caleb y me pregunté qué pensaba él sobre el asunto. ¿Era solo un juego para él o era algo más? Era para arrancarse los pelos, porque no hablaba de sus verdaderos sentimientos. Cada vez que quería abordar el tema, encontraba una forma de arrancarme la ropa y follarme hasta sacarme cualquier pensamiento coherente de la cabeza.

—¿Faye? —Caleb me sacó de mis pensamientos y me sobresalté con culpabilidad.

—Cantaré en el torneo, eso es más que suficiente —respondí a su pregunta.

—¡Y apenas puedo esperar! —exclamó June, que había aparecido detrás de nosotros con Callie en brazos.

—¡Yo tampoco! —chilló Elli alegremente.

—Sin presiones —susurré avergonzada.

—Qué va. —Elli hizo un gesto con la mano—. Solo somos tus mayores fans en el mundo.

Me reí suavemente. Por supuesto, nunca lo admitiría en voz alta, pero estaba bastante contenta de haber quedado varada en un pueblo tan tranquilo. Sin prensa, sin rumores, sin drama. No había leído ni las revistas del corazón ni los correos de Tony. Cualquier cosa que se informara sobre mí me pasaba desapercibida, y me importaba absolutamente nada.

—Voy a buscar una cerveza —gruñó Caleb. Luego pasó junto a nosotras y lo miré desconcertada mientras se alejaba.

—¿Puede ser que Caleb esté hoy aún más malhumorado que de costumbre? —Miré a Elli y June, quienes asintieron en acuerdo—. ¿Debería ir tras él?

En momentos como este, Caleb era aún más difícil de descifrar que de costumbre.

—Sí —respondió Elli, mientras June contestaba simultáneamente—: No.

—Bueno, entonces en cualquier caso tengo un cincuenta por ciento de posibilidades de reaccionar mal.

—Podría ser peor —dijo Elli—. Podrías tener frente a ti a una campeona de Barrel Racing y no darte cuenta porque estás empeñada en resolver el problema del rechazo a la silla.

—Oh, el asunto de Trouble —dijo June pensativamente mientras mecía a Callie al ritmo de la música.

—Sip, el asunto de Trouble. —Elli parecía bastante decaída mientras masticaba los últimos bocados de su hamburguesa. Incliné la cabeza y le sonreí alentadoramente.

—Eres la mejor susurradora de caballos que conozco. Tarde o temprano lo habrías descubierto, incluso sin mi imprudente —y confieso, bastante tonta— reacción obstinada.

—Tal vez. —Elli rascó el suelo con la punta de su zapato—. Realmente tienes buen ojo para los caballos.

Inmediatamente negué con la cabeza en pánico.

—¡No, para nada! En todo caso, Trouble es el único caballo que entiendo más o menos.

Solo la idea de que Elli me endilgara una docena de caballos problemáticos para que los *curara* me provocaba sudores moderados. Poco a poco estaba ascendiendo a la liga amateur, pero aún estaba lejos de poder hacer algo sin las instrucciones de Caleb. Para terminar mi pequeño discurso, respiré hondo—. A menudo ni siquiera me entiendo a mí misma.

Con eso logré sacarle una sonrisa a Elli. Menos mal, porque una mirada más de perrito y habría tenido que confesarle cómo estaban realmente mis habilidades de equitación.

—Tienes razón. De todos modos, te consultaré a ti y a tus métodos poco convencionales cuando aparezca el próximo alborotador.

—¡Claro! —*¡Espero que ese aparezca en un futuro muy lejano!*

—Oh, mirad, chicos. —June señaló una mesa que acababa de quedar libre, la cual John ocupó haciéndonos señas—. Si Callie sigue creciendo así, tendré que llevarla en una carretilla.

Me reí y me entraron ganas de abrazar a la hija de June, pero ella extendió sus brazos expectante hacia su padre, quien la sentó en su regazo.

—Por fin podemos comer algo decente —dijo Elli. Su mal humor se había esfumado.

—¿No acabas de comerte una hamburguesa entera?

—Eso fue el aperitivo.

—Genes clave —gruñó John, con el mismo tono que siempre usaba Caleb.

Jugueteé nerviosamente con el dobladillo de mi camisa, que llevaba anudada sobre el ombligo.

—Voy a buscar a Caleb.

—Vale, vale. —Elli y June levantaron los pulgares, un gesto simbólico de apoyo que agradecí bastante. Luego me fui a buscar a Caleb, mientras pensaba en qué decirle. Por supuesto, sabía que a veces era bastante reservado, pero que no dijera nada en absoluto me desconcertaba. ¿Cómo iba a controlar mi caos emocional si no me decía qué significaban mis sentimientos para él?

Encontré a Caleb cerca de la entrada del Diner de Sue, de pie con los brazos cruzados, hablando con el sheriff, quien me saludó con un gesto de vaquero cuando me vio.

—Buenas, señorita Farley.

—Hola, sheriff Cooper. —Miré las manos vacías de Caleb—. ¿Aún no tienes cerveza?

Negó con la cabeza. —No, todavía no.

El sheriff se aclaró la garganta. —Le estaba contando a Caleb que los cuatreros ahora también han hecho una parada en Merryville.

—Oh, qué terrible. ¿Ha pasado algo grave? —Me llevé la mano a la boca para reprimir un jadeo de preocupación.

—Por suerte no. Parece que fueron aficionados, a juzgar por cómo quedó la valla dañada. De todos modos, deberíais vigilar vuestro ganado. —El sheriff Cooper nos lanzó una mirada que no pude descifrar del todo—. Qué lástima que estos bandidos estén haciendo de las suyas justo ahora, empañando nuestra ilusión por el torneo.

—Nadie va a tirar la toalla por algo así —respondió Caleb, con la misma expresión. *¿Qué está pasando entre estos dos?*

El sheriff Cooper se despidió con un gesto de cabeza y luego se dirigió hacia el escenario.

Caleb notó mi mirada confundida.

—Por alguna razón, al sheriff le hace gracia relacionarme con los cuatreros.

—¿A ti? —Me reí—. ¿Cuándo tendrías tiempo para robar ganado?

—Ni idea —gruñó.

—Vale, ya es suficiente —dije seriamente.

—¿Qué?

—Esto. —Extendí mis brazos para señalarlo—. ¿Qué pasa?

—Nada. —Lo disimulaba bien, pero a estas alturas yo podía ver más allá de la fachada dura que había construido a su alrededor. Algo no estaba bien en absoluto, y quería saber qué era.

Puse los ojos en blanco, y cuando Caleb quiso entrar al Diner, me interpuse en su camino.

—Esto no es *nada*.

—¿Qué quieres que te diga?

—Ese es precisamente mi problema, Caleb. No dices nada, cuando hay mucho de qué hablar. —Me puse las manos en las caderas para enfatizar lo en serio que iba.

—¿Quieres hablar? Bien. —Me agarró del brazo y me arrastró a un callejón lateral, donde tendríamos más privacidad que en la concurrida entrada del Diner.

—Habla —ordenó, con voz áspera.

—¡Tú eres el que debe hablar! Por Dios, ¿es tan difícil? Solo quiero saber dónde estoy contigo.

—¿No deberías saberlo? —Me hubiera encantado darle una bofetada por su contra pregunta, pero al menos uno de nosotros tenía que ser razonable, y si tenía que ser yo, pues así sería.

—Tú mismo sabes lo indescifrable que eres. No pido mucho, solo una respuesta a la pregunta de qué signifíco exactamente para ti.

Sin dudarlo, me atrajo hacia sí y me besó apasionadamente. Mis rodillas se debilitaron al instante, pero sus fuertes brazos estaban allí para sostenerme. El aire a nuestro alrededor se cargó, y me sentí electrizada. No se atrevió a soltarme, sino que siguió besándome una y otra vez, hasta que me quedé sin aliento.

—¿Es esa respuesta suficiente? —preguntó, después de que nos separamos.

No. —Sí. —En realidad, su reacción había planteado aún más preguntas que necesitaban respuesta—. Lo siento. No quería pelear contigo.

—Está bien. —Caleb me atrajo hacia sí, y caminamos lentamente —sin bebidas— de vuelta hacia la civilización.

—Suéltalo —murmuró.

—¿Hm? —Actué tan inocentemente como pude, pero a diferencia de él, mi fachada era demasiado fácil de ver a través, al menos para él.

—Tienes algo más en la punta de la lengua, así que escúpelo.

—Está bien. —Hice un gesto con la mano—. Hay cosas que no se deben decir en la incertidumbre, porque después no hay vuelta atrás.

—Palabras sabias. —Un gruñido profundo y pensativo escapó de su garganta.

Primero nos dirigimos a la mesa donde estaban sentados June, John y Elli, pero luego Caleb me arrastró hacia el escenario.

—¿Qué estás tramando? —pregunté. Cuanto más nos acercábamos al escenario, más pánico sentía. Pero cuando Caleb se proponía algo, simplemente no podía detenerlo. Incluso cuando apoyé todo mi peso contra él, se movía hacia adelante con ligereza.

—Tienes razón, hay cosas que no se deben decir en la incertidumbre.

—¡Porque después no hay vuelta atrás! —añadí rápidamente. Mi respiración era tan acelerada que me sentí mareada.

—Exacto. Pero no necesito un camino de regreso, porque estoy malditamente seguro de hacia dónde me dirijo ahora.

Dios mío. Fuera lo que fuera lo que Caleb estaba pensando, nunca olvidaría esa mirada ardiente y oscura; se había grabado en mi memoria.

Caleb me arrastró al escenario y esperó hasta que la banda tocara los últimos acordes antes de agarrar el micrófono.

Un golpe sordo, seguido de un agudo silbido, llamó la atención de todos. ¡Habían pasado años desde la última vez que estuve frente a un micrófono tan mal ecualizado!

—Disculpen la interrupción, pero tengo un anuncio que hacer.
—Un breve murmullo recorrió la multitud cuando reconocieron a Caleb de inmediato. Era una especie de leyenda entre los jinetes de barriles. Comenzó su discurso presentándome y enfatizando una vez más que competiría junto a él en el evento del año.

Siguieron aplausos y vítores, y yo hice una torpe reverencia. ¡Espero que nadie notara cómo me ardían las mejillas! No tenía ni idea de lo que Caleb se proponía, y debo confesar que tenía un poco de miedo de sus siguientes palabras.

Caleb bajó el micrófono y me miró profundamente a los ojos.

—Maldita sea, hemos llegado demasiado lejos para dar marcha atrás.

—Tienes razón. —Respiré hondo—. Ya no quiero volver atrás.

—Bien. —Una sonrisa cómplice jugó en sus labios—. Tampoco te habría dejado ir.

Se volvió de nuevo hacia el público. —Si esto no llama la atención sobre la Competición Wild Horse, no sé qué lo hará.

Antes de que sus palabras me alcanzaran, hizo algo completamente inesperado: me atrajo hacia sí y me besó, frente a los ojos de toda la gente. Vítores, gritos, aplausos, silbidos, y aun así el mundo a mi alrededor se volvió completamente silencioso.

Mi gruñón y sexy vaquero había logrado explicar sus sentimientos sin una sola palabra, dejándome sin habla. *Vaya*.

Con esto, era oficial. Era más que un juego, yo era más que una invitada varada y había un *nosotros*. Y no lo hizo por una competencia, sino porque yo se lo había pedido. Yo significaba tanto para él que hizo todo esto oficial en Merryville. En ese momento, me di cuenta de lo que había estado sintiendo todo el tiempo: Caleb era el amor de mi vida, y el primer y único amor que jamás había sentido. Todo lo anterior podía clasificarlo bajo *tomarse de las manos sin importancia*.

Cuando pensé que ya estaba en el cielo, Caleb se separó de mí y me susurró al oído:

—Te amo, Faye Fanning.

—Yo también te amo —respondí, sin aliento.

¿Puede alguien pellizcarme, por favor? ¡Esto debe ser un sueño!

Capítulo 18 – Caleb

Me apoyé en la cerca mientras observábamos a Faye dar vueltas alrededor de los barriles. Ella y Trouble volaban alrededor de ellos, sin errores y a máxima velocidad.

—Impresionante.

—¿Impresionante? —Elli sacudió la cabeza incrédula—. ¿Cuál fue tu mejor tiempo?

—Catorce noventa y nueve —respondí orgulloso. Fui uno de los primeros en bajar de los quince segundos en un torneo oficial en Texas.

—Acabas de ser destronado, campeón. —Con expresión seria, Elli me puso el cronómetro bajo la nariz.

—¿Qué? —Le arrebaté el cronómetro. Catorce ochenta y siete—. Debes haber medido mal.

—Nop. Sé cómo usar un cronómetro.

—Pero quizás no sabes cuándo empezar a medir.

Faye trotó relajadamente hacia nosotros, arreglándose el cabello que se había alborotado durante la carrera. Por la sonrisa inocente que me dirigió, no tenía idea de que acababa de batir mi mejor tiempo. Y sin la maldita silla, para la cual los patrocinadores del torneo incluso hicieron una excepción en las condiciones de participación.

—Eso fue bastante rápido, ¿verdad?

—¡Y tanto! ¡Has establecido un nuevo récord! —Elli chilló de alegría y le dio a Troublemaker una de las galletas de avena y manzana de la abuela.

—No —corregí gruñendo—. Esto no es un torneo oficial.

—Oficial o no, has superado el mejor tiempo de Caleb.

—¿En serio? —Faye miró alternativamente a Elli y a mí.

—Existe la posibilidad de que Elli haya medido mal.

—Y existe una enorme posibilidad de que mi hermano mayor esté celoso —replicó Elli.

—Como sea, deberíamos terminar el entrenamiento por hoy —dije.

—Cierto, no se puede mejorar después de superar el mejor tiempo. —Faye sacó el pecho con orgullo, luego se deslizó del lomo de Trouble y aterrizó elegantemente sobre sus pies.

Reprimí un suspiro. No porque Faye me hubiera vencido, sino porque ya no había nada más que pudiera enseñarle.

—Mejor tiempo, sin silla —gruñí incrédulo, me aparté de la cerca y caminé de vuelta hacia el establo para distraerme de mis propios pensamientos. Elli y Faye me alcanzaron.

Frente a la entrada del establo, Elli se detuvo y lanzó una mirada anhelante a su camioneta.

—¿El acceso a nuestra casa sigue bloqueado? Realmente me apetece un pastel de manzana.

—Probablemente —refunfuñé. La prensa nos ha estado molestando toda la semana, y cada día son más.

—Al menos tu *Wild Horse Competition* está recibiendo más atención gracias a esto —dijo Faye pensativa. A ella le gustaba la multitud de prensa frente a la puerta aún menos que a nosotros.

—Sip. Solo un día más y lo habremos logrado, y estos idiotas se largarán.

—Eso espero. —Yo no estaba tan seguro, porque esos tipos no estaban aquí por el torneo de verano, sino por Faye, y eso no me gustaba nada.

—Podríamos hacer pasar algunos de los toros enloquecidos de Clay por la entrada, eso resolvería el problema de inmediato.

Mi propuesta pragmática encontró resistencia inmediata. Mientras Faye me miraba con seriedad, Elli resopló indignada.

—¡Esos no son de Clay! Sabes que él solo monta broncos, no monstruos.

—¿Y qué hacen aquí entonces?

—Son para la competencia, pero no pertenecen a Clay, ¿entiendes?

—Tranquilo, vaquero —dije en broma—. O te convertirás en la líder de la manada.

Elli negó con la cabeza y cruzó los brazos sobre el pecho. —Ah, me arriesgaré, al menos es mejor que escuchar tus tonterías.

—Eso sí fue una tontería —Faye se puso del lado de mi hermana, quien asintió en señal de aprobación.

—Amor fraternal —respondí sonriendo, y Elli puso los ojos en blanco porque mi argumento era cierto.

—Una forma bastante retorcida y extraña de amor fraternal, pero sí, amor fraternal. Te has salvado por poco, hermanito.

Faye, que era hija única, nos miró a ambos con curiosidad. —¿Es realmente así entre hermanos?

—Sip —respondió Elli sonriendo—. En fin, voy a intentar llegar hasta Sue. Deseadme suerte.

—Buena suerte —dijo Faye, levantando simbólicamente ambos pulgares, luego llevó a Trouble al establo. Me apoyé en la pared del box mientras ella limpiaba los cascos de Trouble.

—Fue una muy buena carrera —dije.

—Aprendí del mejor. —Antes de tomar el siguiente casco, Faye le dio una palmadita en el cuello al semental—. Además, él hace todo el trabajo.

—Vosotros dos os habéis buscado y encontrado.

Sonreí porque la coincidencia era simplemente tan improbable. En serio, ¿cuáles eran las probabilidades de que una chica con miedo a las sillas se encontrara con un caballo que había desarrollado una aversión tan extrema a las sillas que era prácticamente imposible de montar?

—Bueno, no es que haya buscado realmente, pero definitivamente nos encontramos. —Faye hizo una pausa significativa, luego me miró profundamente a los ojos—. Al igual que nosotros.

Antes de que pudiera limpiar el último casco, la atraje hacia mí. Su trasero redondo presionó contra mi erección a medio formar, y lamí el lóbulo de su oreja.

—Maldita sea, tienes razón. ¿Y sabes qué? Nunca te dejaré ir, porque me perteneces.

Palabras que ninguna mujer había escuchado salir de mi boca. Y definitivamente palabras que ninguna otra mujer escucharía jamás. Ella era la indicada, no había duda de eso.

—Eso espero —rió Faye contra mi mejilla—. Porque nunca te librarás de mí.

—Entonces eso queda claro.

Solté a Faye para que pudiera llevar al semental al paddock. Cuanto antes volviéramos a mi casa, mejor, o me lanzaría sobre ella aquí mismo. Por supuesto que me alegraba por su éxito de un nuevo mejor tiempo, pero eso no significaba que mi orgullo no estuviera herido y anhelara algunos dulces gritos.

El simple pensamiento de follar su pequeña y estrecha garganta hasta que suplicara que metiera mi polla en sus otros agujeros me hizo gruñir suavemente.

Desafortunadamente, Faye frustró mis planes al mimar a Trouble con caricias extra.

—Lleva de una vez al caballo al potrero —gruñí, porque empezaba a echar raíces y mi paciencia se agotaba.

—¿Acaso detecto celos? —preguntó Faye sonriendo.

—Yo diría que escuchas unos azotes extra.

—Oh no, por favor no, señor. —Faye se llevó la mano a la boca con fingido horror.

Ella adoraba la atención que le daba a su trasero con la palma de mi mano.

—Me pregunto cuánto pensarás en mí mañana cuando haya terminado contigo.

Ahora un destello de verdadera indignación atravesó su fachada.

—No harías eso, Caleb.

—¿Segura? —Me recosté relajado contra el establo y disfruté de cómo inquietaba a Faye solo con mis miradas. Prácticamente me había suplicado que jugara. *Muy bien, juguemos.*

—Vale, sí lo harías —admitió Faye arrepentida. Luego, algo travieso volvió a brillar en sus ojos antes de continuar—: Te prometo solemnemente que Trouble y yo iremos despacio mañana.

Levanté una ceja en señal de reproche y chasqueé la lengua. —No te imagines ni por un segundo que tendrías la más mínima oportunidad si compitiera contra ti.

—Vamos a competir —afirmó Faye secamente. Me miró desafiante, y estaba a un pestañeo de ser puesta sobre mis rodillas.

—Si me miras así una vez más, lo lamentarás, señorita.

Me metí los pulgares detrás del cinturón de cuero y le lancé una mirada fulminante a Faye.

—Si no te miro así una vez más, lo lamentarás —respondió. Con un movimiento juguetón, se colocó un mechón de pelo detrás de la oreja y me lanzó otra de esas miradas que prometían que era indomable, pero que no deseaba nada más que yo lo intentara una y otra vez.

Sin dudar, agarré a Faye y la eché sobre mi hombro para llevarla al establo limpio y vacío de Trouble.

—Quien no quiere oír, tendrá que sentir —gruñí amenazante.

—¡Caleb! ¡Bájame ahora mismo! —protestó Faye golpeando mi espalda—. ¡Aquí no! —El pánico en su voz era inconfundible, al igual que los deseos que no podía negar.

—Deberías haberlo pensado antes.

Un destello brillante, seguido de un suave siseo, llamó mi atención. Como Faye se quedó en silencio de inmediato, debió haberlo notado también.

—Mierda —murmuró una voz masculina.

Dejé que Faye se pusiera de pie y la miré intensamente.

—Espera aquí.

—Caleb... —Agarró mi mano y me miró.

—Espera. Aquí. Faye. —No tenía idea de qué quería el tipo, pero era más seguro para ella si se quedaba en el establo—. No te preocupes, volveré enseguida.

Marché alrededor del establo hasta que atrapé al tipo que acababa de privarme de mi mamada.

—¿Qué quieres aquí? —pregunté después de agarrar al tipo por el cuello. Su enorme cámara y el chaleco en el que seguramente guardaba una docena de otros objetivos lo decían todo, pero quería oírlo de él.

—¿Soy un turista?

—¿Eso es una pregunta? —Mi voz profunda y gutural hizo que el tipo, ya de por sí pequeño, pareciera aún más diminuto. En el mejor de los casos, el tipo era tan alto como Faye. Me miró suplicante, pero sus ojos sin escrúpulos no ablandaron en absoluto mi corazón. Conocía a tipos como él. Bastardos despiadados que pasarían por encima de cadáveres para conseguir lo que querían.

—¿Has tomado fotos? —seguí preguntando. Para enfatizar mi enojo, lo acerqué aún más a mí hasta que solo estaba de puntillas.

—¡Lo siento, señor, las borraré de inmediato! —Agitó los brazos en pánico hasta que lo solté.

—Espero.

Borró las fotos y quiso escabullirse, pero lo agarré por el cuello una segunda vez. Me había criado en el campo, pero eso no significaba que fuera un completo idiota.

—La tarjeta de memoria —dije en tono de mando y extendí mi mano.

—¿La tarjeta de memoria?

—Sí, la tarjeta de memoria. ¿O me tomas por tonto?

—No, señor. ¡Para nada! Pero ¿por qué la tarjeta de memoria? ¡Las fotos ya están borradas!

Está bien, el tipo me tomaba por un idiota bastante tonto.

—Escúchame bien, amigo. —Lo acerqué tanto a mí que podía oler su sudor de miedo—. La única razón por la que aún no te he dado una lección es porque no quiero que el amor de mi vida vea en qué bestia puedo convertirme. Así que te aconsejo que no me provoques y me des la maldita tarjeta de memoria.

El paparazzo obedeció a regañadientes y me puso la tarjeta de memoria en la mano con expresión afligida.

—Era cara, ¿verdad? —Sostuve la tarjeta SD contra la luz mientras con la otra mano seguía agarrando su cuello.

—Bastante cara, de hecho.

Tiré la tarjeta al suelo y la aplasté con el tacón de mi bota vaquera. Siguió un chillido agudo y breve.

—¡Eso es daño a la propiedad!

—¿Qué tal si llamas al sheriff y le cuentas lo que pasó?

Por un segundo, el tipo tocó el bolsillo de su pantalón, donde sin duda estaba su smartphone.

—Pero entonces también le contarás que entraste sin autorización en propiedad ajena y allanaste el establo. Que nos espiaste y que solo te descubrimos porque fuiste demasiado tonto para apagar el flash. El sheriff Cooper odia a los alborotadores. ¿Y sabes cómo lo sé? El sheriff y yo nos conocemos desde hace una eternidad. Y si le digo que no solo tu tarjeta de memoria cayó *accidentalmente* bajo mis botas, sino también el resto de tu equipo *y* tu inexpresiva cara, seguro que me creerá.

Mi amenaza surtió efecto. Un miedo real se reflejó en los ojos del paparazzo.

—Considéralo el precio de tu aprendizaje, que pagas por tu arrogancia al no respetar la privacidad de otras personas —gruñí furioso. Luego empujé al tipo, quien tambaleó unos pasos hasta recuperar el equilibrio—. Y ahora lárgate. ¡La próxima vez que aparezcas por aquí, no seré tan amable!

—¡Sí, señor! ¡Lo siento mucho, señor!

El tipo desapareció por donde había venido, y yo, suspirando, recogí el pequeño montón de plástico. Lo único que lamentaba ese tipo era que lo hubiera pillado, nada más.

Regresé al establo, donde Faye me esperaba tal como le había ordenado. Cuando vio mi postura relajada, se abalanzó a mis brazos.

—No puedo esperar a que esos molestos periodistas se vayan de una vez —murmuró contra mi pecho.

—Yo tampoco.

Pero eso era solo la mitad de la verdad. Por un lado, anhelaba el final del torneo de verano; por otro, no tenía idea de qué pasaría después. Simplemente no podía pedirle a Faye que se quedara conmigo, anteponiendo mi persona a su carrera. Pero tampoco podía dejarla ir.

—Un día más —murmuré—. Luego todo habrá terminado.

Y o bien encontrábamos una solución, lo cual esperaba fervientemente, o... no.

Capítulo 19 – Faye

Hoy era el día del gran torneo de verano y, a juzgar por el caos a mi alrededor, no era la única emocionada. Mientras Caleb echaba una mano donde se le necesitaba, yo caminaba por el rancho con la cabeza gacha.

En realidad, no me habría importado que me *olvidaran* aquí. Por supuesto que estaba emocionada por la carrera de barriles, pero no por mi planeado regreso, que tarde o temprano me obligaría a volver a Montana. Y si dependiera de Tony, mejor pronto que tarde, ayer por ejemplo.

Me senté en los escalones del porche de la casa principal e intenté apartar el pensamiento de que estos eran mis últimos días en el rancho. La abuela de Caleb se sentó a mi lado mientras observaba a Elli cargar nuestros caballos en un remolque.

—¿Muffin de arándanos? —me preguntó Mary, acercándome una cesta llena de muffins.

—No tengo hambre —rechacé sonriendo. Pero la abuela Key era persistente.

—¡No se comen porque el estómago ruja, sino por el alma!

Me di por vencida y tomé un muffin de la cesta. Estaba delicioso, y tenía razón, me sentí un poco mejor de inmediato.

—Gracias, Mary.

—Oh, llámame Grams, como todos los demás aquí. Después de todo, casi eres de la familia.

Casi me atraganto con el pastelito.

—¿No es un poco pronto para eso?

—Cuando dos corazones se encuentran, se encuentran. Así de simple. —Se encogió de hombros y mordió un muffin, sin ser consciente del peso de sus palabras. Era conocida por hablar sin filtro, pero aun así sus palabras me habían pillado por sorpresa.

—Sería lindo si *realmente* fuera tan simple. —Suspiré.

—¿Cuál es el problema?

—Es complicado. No puedo simplemente abandonar mi carrera. Y Caleb está a punto de entrar en el Salón de la Fama.

—¿Qué son unos cuantos discos o trofeos cuando puedes tener muffins de arándanos y Red Rivers? —Se levantó de un salto y bajó trotando las escaleras—. Ánimo, Faye. Todo se arreglará.

—Gracias, Mary. —Me miró con seriedad—. Quiero decir, Grams.

—Buena chica. —Me dio unas palmaditas en el hombro antes de cruzar el patio.

Me estremecí al darme cuenta de cómo la abuela de Caleb había tocado mi conciencia. Mis planes de futuro, forjados durante años, de repente parecían bastante pálidos, y un simple *quédate conmigo* de Caleb bastaría para echarlos por la borda.

También me levanté, porque ya no podía seguir eludiendo el trabajo, cuando June me puso a Callie en los brazos.

—¿La sostienes un momento? —preguntó, cuando su hija ya estaba en mis brazos y no podía negarme. Le di un suave pellizco en la mejilla a Callie y ella soltó una risita satisfecha.

June parecía distraída. —¿Está todo bien?

—Sí. —Miró brevemente al suelo—. No. El sheriff acaba de llamar. Los cuatreros han vuelto a atacar. Uno de los rebaños más grandes de los Chamberlain ha desaparecido.

—Oh, eso es terrible.

—Cierto. El momento no podría ser peor. Tenemos que revisar todas nuestras cercas, y ya deberíamos estar cargando nuestro ganado para el lazo en equipo.

Lancé una mirada confundida al prado de los toros que casi me habían pisoteado el otro día.

—Pero no son esas bestias de allá, ¿verdad?

—No. —June alternaba su peso de un pie a otro mientras intentaba contactar a John—. ¡Vamos, John! ¡No puedo partirme en dos!

—Tú quizás no, pero nosotras sí. Yo podría ir a buscar el ganado mientras tú revisas las cercas.

June me miró con los ojos muy abiertos. —¡Eso sería genial! Ya están cercados, solo tienes que cargarlos en el remolque.

Aunque no tenía idea de lo que me esperaba, sonaba sencillo. Además, había conducido mi autobús de gira lo suficiente, estaba preparada para un transporte de ganado.

—Si me das las coordenadas para el GPS, llevaré el ganado a la competencia en un abrir y cerrar de ojos.

—Al menos una de nosotras no ha perdido el sentido del humor.

—June se rio a carcajadas, aunque yo no había hecho ninguna broma. Entró brevemente y luego desplegó un mapa en el que estaban marcados varios pastizales—. Desde la propiedad Farley, solo tienes que seguir la carretera hasta el desvío en los corrales del sur. Y desde allí son solo unas pocas millas en dirección al Red Lake hasta que llegues al corral. Pan comido.

—Claro, pan comido —repetí sus palabras intentando reprimir mi desesperación, porque no había entendido nada.

—Entonces nos vemos en la competencia, ¿de acuerdo?

—¡Sí! —*Esperemos*. Mi sentido de la orientación era terrible, pero no teníamos otra opción.

June tomó a Callie de mis brazos, me puso las llaves del transporte en la mano y bajó trotando las escaleras.

Deseaba que Elli y Caleb no parecieran tan ocupados para que pudieran ayudarme, pero entonces respiré hondo y me dirigí al transporte, que estaba estacionado un poco alejado de la propiedad en el camino de acceso.

Tranquila, Faye. Has establecido un nuevo récord de velocidad en cuestión de semanas. Cargar ganado debería ser pan comido. Especialmente en comparación con las cosas que había aprendido en las últimas semanas.

Antes de subir al transporte, comprobé que el remolque estuviera cerrado. Fue entonces cuando noté un vehículo en el horizonte que dejaba enormes nubes de polvo a su paso. Me apoyé contra la pared del remolque para esperar a que pasara por el camino de acceso, ya que la carretera era demasiado estrecha para ambos vehículos.

Cuanto más se acercaba el vehículo, más incómoda me sentía, y cuando reconocí quién estaba al volante, me quedé de piedra. Luke era la última persona que quería ver ahora.

Cuando me vio junto al vehículo, frenó en seco y se bajó.

—Vete de aquí —le espeté, y abrí la puerta del vehículo. Realmente tenía agallas para aparecer precisamente hoy.

—¡Espera un momento, Faye! —Se apoyó contra la puerta del vehículo, obligándome a detenerme.

—No, no voy a esperar. Sea lo que sea que quieras aquí, no me importa.

Esa era la verdad. Últimamente, apenas había pensado en mi ex prometido, al que Tony había traído en algún momento. Caleb se había convertido en el centro de mi universo, y no había lugar en él para idiotas como mi ex.

—Fue un error enorme fugarme con Allegra, ¿de acuerdo? Quiero que vuelvas conmigo. —Sonaba desesperado y fruncí el ceño. ¿Su relación ni siquiera había durado tres meses? *Karma*.

—Oh, entonces Allegra y yo tenemos algo más en común. Ninguna de las dos te queremos —dije secamente y aparté su mano de un manotazo.

—Vamos, Faye. No te soy indiferente, de lo contrario no habrías reaccionado como lo hiciste. Significo algo para ti, y no puedes negarlo.

Se pasó la mano por su cabello perfectamente peinado. Hace unos meses, me había gustado esa imagen de chico guapo, ahora era simplemente ridícula. Luke fingía ser alguien que no era. No era más que un sucio mentiroso. Suspirando, puse los ojos en blanco.

—No significas nada para mí. ¿Y sabes qué? Nunca significaste nada. No estaba enamorada de ti, solo estaba enamorada de la idea de estar enamorada.

—¿Y cómo puedes saber eso? ¿Por ese vaquero con el que te besuqueas en público?

En realidad, debería haber imaginado que Luke se enteraría de nosotros y de mi paradero a través de la prensa. Mi relación con Caleb parecía estar causando más revuelo del que había supuesto.

—Ese vaquero con el que me besuqueo resulta ser el único hombre decente que he conocido. Más aún, me recogió después de que tú me arrojaras a un pozo sin fondo.

—No puedes hablar en serio —dijo Luke con los dientes apretados.

—Oh, sí, hablo muy en serio. Y ahora lárgate, y no vuelvas a aparecer por aquí, o llamaré al sheriff, ¿entendido? ¡No soy tu maldito plan B!

Maldiciendo, Luke se dio la vuelta y corrió alrededor de la furgoneta para volver a su coche.

—Un momento, una cosa más —dije y corrí tras él.

—¿Sí? —Se dio la vuelta y su ojo se encontró directamente con mi puño cerrado—. ¡Ay, mierda!

—¡Esto es una pequeña muestra de lo que he sentido por tu culpa en los últimos meses!

—Mierda, estás completamente loca, Faye. ¡Definitivamente has tomado demasiado sol!

—¡Y ahora lárgate de aquí antes de que suelte a los toros de rodeo sobre ti!

Maldiciendo, Luke subió a su estúpido coche y se marchó a toda velocidad.

Vaya. Como si no tuviéramos ya suficiente caos en Red River. Pero a veces todo se junta. Y tenía que admitir que su aparición me hizo darme cuenta de dos cosas.

Primero, aunque mi mano dolía horriblemente, finalmente había podido cerrar el capítulo con Luke. Y segundo, todo lo que quería estaba en el lugar más hermoso del mundo: Caleb.

Una mano en mis hombros me hizo sobresaltar.

—Oye, ¿todo bien?

Me di la vuelta y vi la cara confundida de Elli.

—Oh, sí. —No sabía exactamente qué había visto Elli, pero como no quería causar más alboroto, preferí guardarme los detalles.

—¿Quién era ese?

—Ah, solo uno de esos periodistas insistentes, ya sabes.

Elli asintió molesta. —Esos tipos son más molestos que los mosquitos en una fogata.

—¿Por casualidad tienes tiempo ahora? —Aproveché la oportunidad y esperé que Elli estuviera de acuerdo.

—Todavía tenemos que cargar algunos caballos. —Echó la cabeza hacia atrás resoplando—. No sé por qué nos metemos en este caos una y otra vez, cuando podríamos planificarlo todo.

Me reí. —¿Dónde quedaría la emoción entonces?

—Cierto, tienes razón. ¿Con qué necesitas ayuda?

Hice un gesto con la mano. —Oh, nada importante. Solo tengo que traer algunas reses para el cutting porque June está ocupada. Pero puedo hacerlo sola.

Triunfalmente, levanté el mapa que June me había dado.

—Vale. Pero recuerda que tienes el número uno de salida. Así que deberías llegar más que puntual si quieres romper el récord de pista de Caleb.

Elli me guiñó un ojo antes de volver trotando hacia la granja. Mis ojos recorrieron el terreno buscando a Caleb, pero no lo vi por ninguna parte. *Qué fastidio.* Me hubiera encantado decirle de inmediato que había tomado una decisión, pero si no me daba prisa, el torneo comenzaría sin las reses. Aunque no conocía las reglas, estaba bastante segura de que me perseguirían por todo el lugar si no lo lograba a tiempo.

¡No lo estropees, Faye!

Capítulo 20 – Caleb

¡Qué caos! En realidad, tenía otras cosas que hacer en lugar de ayudar a Elli a cargar los caballos. Pero, como siempre que se acercaba un torneo, cundía el pánico. *Caos cronológico en tres actos.*

—Solo tenemos que recoger a Tiptoe y habremos terminado aquí —dijo Elli alegremente.

—¿Qué quieres decir con *aquí*? —La miré seriamente—. No me digas que en Oakland también hay caballos esperando para ser cargados.

Elli levantó las manos en gesto apaciguador, pero me sonrió con descaro.

—Bueno, no te lo diré. Aunque tengas razón.

—Los recogerás tú sola, yo tengo otras cosas que hacer.

Miré en dirección a Faye, que estaba sentada en el porche comiendo muffins con la abuela. De alguna manera, habíamos logrado eludir nuestra conversación sobre el futuro, pero teníamos que hablar de ello. Hoy era su regreso oficial, y después nadie sabía qué pasaría.

Si alguien me hubiera dicho hace seis meses que iba a tirar mis planes por la borda por una chica de Montana, lo habría declarado loco.

Cargué a Tiptoe y luego me dispuse a preparar el remolque para el transporte. Como una de las bisagras estaba atascada, cerrar el remolque era cosa de hombres.

Mientras descansaba los brazos un momento, noté que Faye estaba apoyada en un camión al borde de Red Rivers, mirando fijamente un coche que se acercaba. Ya estaba a punto de ir hacia ella porque pensé que el tipo era de la prensa, pero cuando se bajó y vi su peinado perfectamente arreglado, me quedé sin aliento.

Conocía esa cara estúpida. Cada vez que había visto los ojos tristes de Faye, había querido golpear precisamente ese rostro. Una y otra vez.

¿Qué demonios hace él aquí?

Desde lejos no podía ver mucho, pero me quedé clavado en el sitio. Me negué a irme hasta estar completamente seguro de que mis fusibles no explotarían, y en ese momento la situación pintaba todo menos bien.

Faye había estado tan rara toda la mañana. Seguramente por la aparición de su ex idiota con su *cara de dame un puñetazo*. Y luego esa *sonrisa de golpéame otra vez*.

De alguna manera tenía que desahogarme, mi mirada se posó en el hacha que aún estaba clavada en el tocón. Necesitaba hacer pedazos algo.

—Vaya, ¿qué piensas hacer con el hacha? —preguntó Elli, que había aparecido detrás de mí.

—¡No voy a romperle los dientes relucientes a nadie! —gruñí.

—Vale, esa es una respuesta extrañamente específica. —Me miró preocupada—. ¿Qué pasa?

—Eso deberías preguntárselo a Faye. —No podía seguir mirando en esa dirección, así que me di la vuelta y me dirigí hacia el cobertizo de leña.

—Iré a ver cómo está —gritó Elli tras de mí. Era difícil no notar que estaba preocupada por mi estado. Tenía razón, era casi un milagro que mantuviera el control. Apenas. Mis músculos amenazaban con estallar de tensión, y estaba condenadamente agradecido por el enorme montón de leña que se apilaba frente al pequeño almacén. Suficiente madera para volver a calmarme.

Me puse a cortar leña, imaginando diferentes escenarios de cómo podría continuar la situación. O bien Faye decidía quedarse conmigo, que era mi final favorito pero también el más irreal. O podría volver a Montana con su ex, porque de todos modos iba a ir allí.

En cuanto se corriera la voz de su regreso, Faye se iría. Y eso era lo que realmente me estaba volviendo loco.

Aunque sabía que no debía hacerlo, eché un vistazo a la vuelta de la esquina. La conversación se había trasladado detrás del camión y no tenía ni idea de lo que estaba pasando allí.

Mi miedo a perder a Faye me llevó a rendir al máximo. Todavía recordaba bien por qué había cortado leña por última vez en pleno verano, también por Faye. Pero en aquel entonces, porque no podía explicarme mis sentimientos por ella. Hoy tampoco podía, pero al menos los había aceptado.

Faye me pertenece. Ni siquiera un chico guapo de Montana que apareciera de repente podía cambiar eso. Él tuvo su oportunidad y la fastidió por completo.

Maldita sea, ¡alguien tenía que mantenerme alejado de ese tipo! Mi conflicto interno se hacía cada vez mayor. Por supuesto, quería proteger a Faye de él, su corazón sensible había sido el blanco de idiotas durante demasiado tiempo. Por otro lado, no podía garantizar que no fuera a moler a golpes a ese tipo si me miraba de reojo.

Partí la leña con tanta fuerza que las pequeñas astillas volaron como proyectiles en todas direcciones.

—Tranquilo, Caleb —dijo Elli suavemente, como si yo fuera un caballo salvaje.

—Estoy. Tranquilo. ¿No lo ves? —gruñí. Luego partí el siguiente tronco de un solo golpe.

—Claro, eres la definición de tranquilidad. —Elli cruzó los brazos sobre el pecho y se apartó un rizo rubio de la cara con un soplido.

—¿Ves? No puedes negarlo. —Mis brazos ardían, pero ni pensaba en parar. Una chispa era suficiente para que explotara.

Elli se apoyó en el cobertizo mientras miraba impresionada el montón de leña que había partido en muy poco tiempo.

—¿Quieres explicarme por qué eres la viva imagen de la calma?

—Tú lo sabes perfectamente. —Siguió el siguiente golpe. Aunque mi hermana sabía más detalles y debería interrogarla, no podía separarme de mi hacha. El miedo subyacente de que mi chica volviera a Montana y me olvidara allí me estaba destrozando.

Faye era hermosa, talentosa y todo el mundo se enamoraba de su corazón de oro. Para mí, en cambio, el tren ya había partido hace tiempo, y si Faye no estaba en él... Me obligué a no terminar ese pensamiento. El fin del mundo aún no había llegado.

Elli hizo un gesto de desdén. —Ah, ¿te refieres a la prensa? Claro que son molestos, pero míralo por el lado positivo, así todos obtenemos más publicidad y atención.

Me detuve. —¿Por qué estamos hablando ahora de esos idiotas que nos acosan?

—Tú empezaste. —Se encogió de hombros, irritada.

—¿Yo? Demonios, si no me cuentas ahora mismo lo que te ha dicho Faye, voy a volverme loco.

—Apenas se te nota, *señor Calma en persona*.

—¡Es condenadamente importante! —seguí maldiciendo.

—Ya te lo he dicho, solo era un tipo de la prensa —dijo Elli. Al ver mi expresión desencajada, añadió en voz baja—: ¿O no?

—No —dejé caer el hacha con fuerza sobre el tajo.

—¿Entonces quién es?

—Tú eres su fan, dímelo tú.

Elli pensó por un momento hasta que hizo clic. Negó con la cabeza, luego asintió, murmuró algo y soltó un chillido.

—¡No! ¡No puede ser Luke Rogan!

—Y tú te haces llamar *La-Mayor-Groupie-de-Faye-Fanning-de-Todos-los-Tiempos* —dije con sarcasmo. Aunque el sarcasmo iba dirigido a mí mismo, porque era evidente que Faye estaba haciendo un secreto del hecho de que su ex estuviera de vuelta en la ciudad. De lo contrario, le habría dicho la verdad a Elli.

—¿Cómo sabes tú quién es Luke Rogan? —contraatacó Elli con otra pregunta.

Apreté los dientes y no respondí nada. Cuando las cosas entre nosotros se pusieron serias, había rastreado la red como un loco para descubrir hasta el más mínimo detalle sobre ella.

—Oh, Caleb, ¡la buscaste en Google, qué tierno! —Elli se llevó la mano al pecho, embelesada.

—Ya basta de embelesarse, mejor explícame por qué hace pasar a su ex por alguien de la prensa.

Se quedó callada al instante y no tuvo respuesta para eso. Si existía algo como los malos presagios, el silencio de mi hermana era uno de ellos, porque casi nunca se quedaba sin palabras.

—Y por eso estoy aquí cortando leña —expliqué con un cinismo propio de un ermitaño.

—¡Vamos, ni tú mismo crees que ella todavía sienta algo por ese idiota después de lo que ha pasado entre ustedes!

Bueno, eso pensaba yo hasta hace un momento. Rara vez sucedía, pero tenía que admitir que me había equivocado.

—¿Mentiría si lo que tú y yo vimos fuera realmente auténtico?

—*Es* auténtico —me corrigió Elli inmediatamente—. No sé qué estaba pensando, pero seguro que algo. Tal vez solo quería evitar asustar a nadie o causar más caos porque su ex está de repente en la ciudad.

—Posiblemente. O simplemente mintió porque el mundo es cruel, y yo solo fui su parche hasta que su ex regresara.

—¡De ninguna manera! —Elli puso las manos en las caderas, indignada—. ¿Por qué no se lo preguntas? Así el asunto quedará resuelto antes del inicio del torneo de verano.

Asentí, aunque el optimismo de mi hermana no me convencía realmente.

—¿Y dónde está ella?

—Se fue con el remolque a Oakland para recoger el ganado para el Team Roping.

Fruncí el ceño. —¿Hablas del remolque que definitivamente no bajó por la carretera hacia Oakland, sino que se dirigió hacia McLarence?

—Eh... ¿Puede ser? —Elli arrastró la punta del zapato por la grava—. ¡Seguro que hay una explicación para eso también!

—Sí. Que Faye me está ocultando cosas.

Maldita sea. Le había abierto mi corazón a Faye porque pensé que estaría seguro con ella, pero me había equivocado. Me había arrancado el corazón del pecho y ahora bailaba sobre él. Nunca había sentido algo así, ni siquiera aquella vez que me traicionaron de esa manera.

Me dirigí hacia mi camioneta.

—Caleb. ¡Caleb! ¿Qué vas a hacer? —preguntó Elli en pánico.

—Necesito respuestas que solo Faye puede darme.

—¡No me refería a eso! Vamos, hermanito, no hagas nada de lo que puedas arrepentirte después.

Aunque mi hermana pequeña intentaba frenarme, subí sin esfuerzo a mi vehículo.

—No me arrepentiré de nada.

Porque sin corazón, ya no podía sentir nada, el dolor lo adormecía todo. Ahora solo quería descubrir cómo pude caer en toda esa actuación... y por qué mis sentimientos por Faye no habían cambiado a pesar de todo.

Malditos corazones. Simplemente no se les podía dejar solos, o se independizaban y saltaban alegremente a la siguiente licuadora.

Capítulo 21 – Faye

Con un último esfuerzo, levanté la rampa del remolque y la aseguré.

—¡Y una mierda que *es muy fácil!* —maldije. Para recuperar el aliento, me apoyé contra el remolque, que ahora contenía una buena docena de reses que no estaban nada entusiasmadas con la idea de hacer un viaje. Y ni rastro de una cerca móvil para el ganado. Desafortunadamente, mis palabras de aliento habían tenido poco efecto en las reses.

Qué día. Estaba completamente agotada, y el torneo ni siquiera había comenzado. Al menos ahora podía ponerme en marcha y hacer una breve parada en Red Rivers para una ducha rápida.

Horrorizada, me di cuenta de que cargar el ganado había llevado mucho más tiempo del previsto. Nada de ducha. Pero antes de poder pensar en refrescarme, tenía que informar a June, así que marqué su número.

—¿Sí? —Sonaba estresada, mientras Callie balbuceaba emocionada de fondo.

—Acabo de cargar el ganado.

—¡Eres un encanto! ¿Hubo algún problema?

—Qué va. —Omití mencionar que un problema había seguido a otro, empezando por abrir la cerca del pasto—. Tengo un remolque lleno de ganado y he separado a los de cuernos enormes.

—¿Cuernos largos?

—Ya sabes, cuernos realmente largos. —Extendí los brazos antes de darme cuenta de mi error. Hubo un crujido cuando June cubrió el micrófono con la mano, pero aun así la escuché.

—¿John? ¿Hay alguno de los longhorns de Clay entre el ganado para el roping?

—Ni idea —gruñó él de fondo—. El ganado de Clay está esparcido por todo Red Rivers, creo que ni él mismo sabe dónde están sus animales ahora mismo.

—Se suponía que tenía que cargar el ganado de cuernos cortos, ¿verdad? —pregunté preocupada. La sola idea de haber metido la mitad equivocada en el remolque me hizo sudar.

—Sí, eso es correcto.

—Bien. —Suspiré aliviada. Nunca habría llegado a tiempo si hubiera tenido que cambiar el ganado. Y para ser honesta, tampoco me habría atrevido a acercarme a las vacas con esos cuernos enormes. Parecían bastante pacíficas, pero si algo había aprendido, era que las apariencias engañan.

June suspiró ruidosamente.

—¿Es cosa mía o hoy tenemos aún más caos de lo habitual?

—¡Tienes toda la razón! —coincidí. Casi se me escapa que, para colmo, mi ex había aparecido, pero era mejor contar eso cuando la abuela Key encendiera la parrilla y hubiera pasado un tiempo.

—El día aún no ha terminado —gruñó John con su típico estilo Key.

—Cierto. Por cierto, tu hija acaba de derramar todo su zumo de manzana sobre mi blusa. Y cuando digo *acaba*, me refiero a hace diez minutos, cuando empezaste a hacer las maletas.

Me reí entre dientes, admirando al mismo tiempo cómo June podía mantenerse tan tranquila.

—Bueno, me voy yendo —dije algo torpemente. En realidad, me hubiera gustado hablar más tiempo con June, para hacerme la ilusión de que todo estaba bien y que no nos estábamos ahogando en el caos.

—Conduce con cuidado, nos vemos en el torneo.

En el coche, envié un mensaje rápido a Ellí, pero se quedó atascado en la bandeja de salida debido a la mala recepción. Me puse el cinturón de seguridad y pisé a fondo, al menos todo lo que se podía pisar con un remolque de ganado completamente cargado, para llegar a Merryville. De lo contrario, sería descalificada de mi primera competición por llegar tarde.

Si tan solo supiera en qué dirección está Merryville.

Volví por el camino por el que había venido y me detuve en el primer cruce para echar un vistazo al mapa. Imposible determinar mi ubicación con este mapa.

—¿Por qué no funciona el maldito GPS aquí?

Vale, había dos opciones. O giraba a la izquierda o a la derecha. Había venido por la izquierda, o eso creía.

Si nada va bien, ve a la izquierda.

Giré el vehículo hacia la izquierda y estallé en júbilo cuando la carretera principal pavimentada apareció en el horizonte.

Pero antes de alcanzarla, un coche venía en dirección contraria. Iba tan rápido que el polvo se elevaba hasta el cielo y cubría completamente la carrocería.

Solo cuando el coche frenó en seco frente a mí, reconocí a Caleb al volante. Aparqué el vehículo y bajé confundida.

—¿Qué haces aquí?

—Eso debería preguntarte yo —gruñó. Su mirada sombría me hizo estremecer, a pesar de los treinta grados a la sombra.

—¿Qué pregunta es esa? Estoy recogiendo el ganado. —Señalé el remolque detrás de mí.

—Por supuesto que lo estás haciendo. —Caleb alzó una ceja en señal de reproche y me miró con exigencia. Como si tuviera que rendirle cuentas por haber ayudado a June.

—¿Qué mosca te ha picado? —Crucé los brazos sobre el pecho y lo miré desafiante.

—¿Aún lo preguntas? —Caleb exhaló audiblemente. Luego caminó hacia mí, como siempre hacía justo antes de presionarme contra una pared y besarme.

—Por si no te has dado cuenta, no tengo ni idea de a qué viene tu comportamiento.

Caleb gruñó suavemente mientras me miraba de arriba abajo. Su expresión era impenetrable. ¿Qué había pasado? ¿Había vuelto Luke y había montado una escena? Poco probable, eso no encajaba con mi cobarde ex; huir era más su estilo. Entonces, ¿qué había enojado tanto a Caleb?

—¿A quién perteneces?

—A ti, Caleb.

—¿De verdad?

Vaya, ¿qué está pasando aquí?

—¡Por supuesto!

Caleb me atrajo hacia sí y me besó. Un beso salvaje y apasionado, pero también tan agridulce que me provocó una punzada en el corazón. Algo pasaba entre *nosotros* y no podía ser nada bueno.

—¿Qué ocurre? —pregunté una vez más.

—Di que eres mía.

—Soy tuya.

—Otra vez.

—Soy tuya, Caleb. Y no quiero ser de nadie más.

Caleb respiraba con dificultad, su aliento rozaba mis oídos y sentí cómo clavaba sus manos en la chapa de la furgoneta detrás de mí. Se acurrucó contra mis mejillas, de modo que no podía ver su rostro.

Su loción para después del afeitado olía como siempre, masculina y a *hogar*, pero se comportaba de manera tan extraña que apenas lo reconocía.

—¿Tienes algo que decirme? —Su pregunta me tomó por sorpresa. Pero ya que preguntaba, sí, tenía algo que decir. Algo importante, pues acababa de tomar quizás la decisión más importante de mi vida.

—Sí, tengo que decirte algo. —Tomé aire profundamente, pero Caleb ahogó mis siguientes palabras con un beso.

—No lo digas —murmuró contra mi oído. Frunciendo el ceño, me separé de él. El dolor en sus ojos ya no se podía ocultar y no tenía idea de qué había hecho para provocar ese sufrimiento. Lo único que estaba fuera de toda duda era el hecho de que yo era responsable de su dolor. ¡Por la razón que fuera!

—Caleb... —Él no quería escuchar mis palabras, pero debía hacerlo. Le debía a Caleb confesarle mis verdaderos sentimientos. Después de eso, tal vez me explicaría qué había pasado en la última hora.

Desafortunadamente, el destino tenía otros planes para nosotros. El aullido de una sirena me hizo sobresaltar. El coche del sheriff se detuvo justo frente a nosotros.

—Mierda. —Caleb maldijo en voz baja y yo lo miré desconcertada.

—¿Qué has hecho? —pregunté con pánico.

—¿Que qué he hecho yo? La pregunta es más bien qué has hecho tú.

Capítulo 22 – Caleb

—¿Qué has hecho? —preguntó Faye con pánico.

—¿Que qué he hecho yo? La pregunta es más bien qué has hecho tú —gruñí.

Por supuesto que no había llamado a la policía, aunque ella lo sospechara. Admito que había esperado que no tuviera más secretos conmigo, pero ese fue un error.

Faye me había traicionado. Me había arrancado el maldito corazón del pecho y ahora lo pisoteaba. *Por mí, perfecto.* Cuanto más profundo estuviera en la zanja, mejor. Así no volvería a tener ideas descabelladas, como pensar que Faye era el amor de mi vida.

Desafortunadamente, la realidad era otra. No importaba lo que Faye hiciera con mi corazón, seguía siendo el amor de mi vida.

—Vaya, vaya —dijo el sheriff Cooper y soltó un silbido—. ¡Pillados con las manos en la masa!

—¿Pillados? —se le escapó a Faye. Parecía realmente conmocionada. Pero probablemente era tan falso como todas las otras cosas que me había fingido.

—Acabo de recibir el aviso de que unos ladrones de ganado han atacado a plena luz del día.

El sheriff nos examinó a Faye y a mí alternativamente, la decepción en su rostro era evidente.

—¿Qué? ¡Pero esto es un malentendido! —Faye enterró su rostro en sus manos y resopló sonoramente. Luego se volvió hacia mí—. ¡Di algo, Caleb!

—¿Qué quieres que diga? —Me encogí de hombros. Para mí, el asunto estaba claro: Faye había robado el ganado, por la razón que fuera. Si tuviera que adivinar, diría que era una adicta secreta a la adrenalina. Ninguna persona normal se enfrenta a toros de rodeo, y mucho menos a mí. Probablemente para ella era una especie de juego para obtener una dosis de emoción, un último juego emocionante antes de volver a Montana con su maldito ex.

No lo sé. No era un buen momento para pensar con claridad. En realidad, no era un buen momento para nada.

Faye me golpeó indignada en el pecho.

—¿Qué tal si dices la verdad?

Me incliné hacia ella. —¿Qué, entonces quieres decirle al sheriff que robaste el ganado?

—¿Que yo qué? —Me miró con una mezcla de conmoción y decepción—. ¿Qué te pasa, Caleb?

—¿Y me lo preguntas? —Me aparté de ella y caminé hacia el sheriff Cooper, que estaba echando un vistazo al ganado que Faye acababa de robar de Greenhill. El ganado de carne más barato que los Chamberlain tenían para ofrecer, junto con algunos Foxtrotters extremadamente caros y algunos Longhorns premiados que Clay había vendido de su propia cría. Viéndolo así, todavía había mucho que podía enseñarle.

Faye me miró furiosa. —¡Este es el ganado que se supone que debo traer para el lazo!

—¿De los Chamberlain?

Las pruebas eran abrumadoras, y me atormentaba la pregunta de qué demonios quería demostrar Faye con esto.

—¡Es el ganado de June! —insistió Faye.

Me aparté de ella. El sheriff Cooper llevaba suficiente tiempo en el cargo como para saber que era mejor mantenerse al margen de tales discusiones. Era policía, pero no tenía tendencias suicidas.

—Faye, déjalo ya —susurré con esfuerzo. Luego me volví hacia el sheriff—. ¿Qué pasará ahora?

—Primero tengo que llevarlos a la comisaría para tomar sus declaraciones.

Asentí pensativo. —¿Supongo que no puede esperar hasta después del torneo?

—Por mucho que me hubiera gustado ver un nuevo récord de velocidad tuyo, me temo que no.

—Ese lo habría establecido Faye probablemente —respondí con orgullo, sin pensar en que nos encontrábamos en una situación delicada.

—¿Ah, sí? —Cooper la miró por encima del borde de su libreta, en la que escribía con diligencia.

—Bueno, tuve un buen entrenador —respondió Faye con timidez, frotándose el antebrazo. Engañosamente auténtica.

Maldita sea, realmente pensé que había visto hasta lo más profundo de su alma. La atracción entre nosotros, que ni siquiera ahora podía negar, me había engañado.

Incluso ahora, no podía evitar proteger a Faye.

—Lléveme a la comisaría para que podamos aclarar todo —dije, luego miré a *mi chica*, a la que tenía que proteger a toda costa, incluso a expensas de mi corazón o mi carrera—. Pero Faye tiene que llegar puntual a la competición, su carrera depende de ello.

El sheriff Cooper me miró evaluativamente, mientras Faye se quedó petrificada a mi lado.

—Bien, de acuerdo, ¡pero necesito su declaración inmediatamente después del torneo!

Asentí en señal de aprobación. Demonios, realmente estaba perdido por ella. Atraje a Faye hacia mí una última vez, aparté un mechón color canela de su rostro y la besé.

Si tenía que dejarla ir, lo haría dejándole una impresión duradera. Aunque la atraje hacia mí con tanta fuerza que casi la asfixié, ella no se resistió, solo gimió suavemente. Incluso ahora creía en sus miradas que decían que me adoraba.

Inhalé su dulce aroma a lila que me perseguiría hasta en mis peores pesadillas, un aroma que nunca se olvida.

—¿Ya han terminado? —interrumpió el sheriff Cooper—. Solo porque te hayas convertido en un ladrón no significa que yo también tenga que renunciar a todo el torneo de verano.

Gruñendo, me separé de Faye, que se quedó allí con la boca abierta y todavía sin decir una palabra.

Le lancé las llaves de mi camioneta y seguí al sheriff, que estaba llamando a alguien por radio para que se ocupara del ganado.

—¿En qué estabas pensando, muchacho? —Le lancé una mirada sombría al sheriff. Hacía décadas que nadie me llamaba *muchacho*.

—No lo sé —respondí sin emoción. Todo en lo que podía pensar era en el profundo vacío en mi interior. Faye ya tenía un pie en Montana, y dejaba un enorme y profundo agujero en mi pecho.

—Tienes derecho a guardar silencio, bla bla. Conoces tus derechos y me conoces a mí.

—Sí —asentí y seguí al sheriff hasta su coche. En el campo, resolvíamos las cosas de manera más relajada. Yo no le daba un puñetazo en el estómago al sheriff, y él, a cambio, prescindía de las esposas. Una situación en la que todos ganaban, si ignorabas el hecho de que acababa de perderlo todo.

Faye corrió tras de mí y me agarró del brazo.

—¡Caleb! ¡Eres inocente! Y yo...

—Y tú ahora te vas a ese maldito torneo. Después de eso, nuestros caminos se separan.

—¿De qué estás hablando?

—Sabes exactamente de qué hablo.

—¿Qué? —Sus ojos de diamante se agrandaron como lunas.

—Se acabó —gruñí. Y no me refería solo al robo fallido, sino también a *nosotros*. En realidad, todo había terminado; mi vida se había ido al traste.

—¿Estás borracho? —Faye buscó señales, pero no encontró ninguna. En toda mi vida nunca había deseado tanto una botella del aguardiente casero de la abuela.

—Ojalá lo estuviera. —Respiré hondo—. Y ahora lárgate de una vez, ya me has oído.

Faye quiso contradecirme, pero una mirada penetrante bastó para que se callara. Me encantaba cómo se mordía los labios y cómo ardía una protesta feroz en sus ojos, pero ya no podía seguir mirándola a la cara. Cada maldito segundo más hacía imposible dejarla atrás. Pero tenía que hacerlo. En realidad, debería haber tenido claro desde el principio que Faye se iría algún día, pero no esperaba que su partida fuera tan dramática. Como en una de sus malditas canciones de amor, solo que al final yo podría terminar en la cárcel.

Me subí al coche del sheriff sin una palabra de despedida y sin mirar atrás. De lo contrario, simplemente no habría tenido el valor de dejar a Faye allí donde estaba.

Capítulo 23 – Faye

Atónita, vi cómo el coche del sheriff se alejaba. Apreté las llaves que Caleb me había lanzado, intentando ordenar mis pensamientos. Las lágrimas que había estado conteniendo todo el tiempo finalmente se abrieron paso por mis mejillas.

Mi mundo se había desmoronado en los últimos cinco minutos, y ni siquiera sabía por qué.

Había estado actuando de manera extraña toda la mañana, pero lo había atribuido al caos general que reinaba en Red Rivers. Enterré mi rostro entre mis manos y sollocé con fuerza. Al menos nadie podía ver lo destrozada que estaba.

Mis emociones estaban completamente fuera de control. Estaba enojada porque no sabía por qué Caleb estaba tan furioso, y me sentía herida porque Caleb no quería volver a verme. Lo único que no me hacía sentir enojada o triste era el hecho de que quería terminar mi carrera. Curiosamente, todavía no me arrepentía de mi decisión, solo de no habérselo dicho a Caleb antes.

Observé en silencio cómo otro hombre uniformado se hacía cargo del transporte y regresaba por el camino por el que yo había venido. Y de repente, me encontré completamente sola en medio de la nada. Ni siquiera me molesté en mirar el mapa para ver dónde estaba, de todos modos no lo averiguaría.

El zumbido de mi teléfono me sacó de mis pensamientos.

—¡Cielos, Faye! ¿Dónde estás? —preguntó Elli agitada.

—No tengo idea. En algún lugar justo antes de la carretera principal. Pero el ganado va en la dirección opuesta ahora mismo. —Intenté disimular mis sollozos lo mejor que pude, pero no había contado con la persona más empática del mundo.

—Has estado llorando. —No era una pregunta, sino una afirmación sobria e indiscutible.

—Para nada, es solo una alergia.

—Ajá. ¿Casualmente es una alergia a Caleb? —Elli bajó la voz para mantener nuestra conversación privada.

—No.

—Así que se trata de Caleb. ¿Es por eso que aún no están aquí?

De fondo, escuché un anuncio por altavoz que anunciaba el inicio del primer torneo.

—Es bastante complicado. —No sabía cómo resumir las cosas para Elli. El caos en mi cabeza era difícil de controlar.

—Déjame adivinar: ¿se pelearon por Luke?

Me estremecí como si me hubiera pillado haciendo algo prohibido. —¿Luke?

—Ya sabes. Chico bronceado, pelo perfectamente peinado, tu ex, que estuvo aquí esta mañana.

—Sé quién es Luke, pero ¿cómo sabes tú de eso?

—Caleb los vio. Y posiblemente eché más leña al fuego cuando dije que solo era un tipo de prensa.

Oh no. Ahora podía entender por qué Caleb estaba tan extraño. Sentí calor y frío al mismo tiempo, porque mi estúpido ex novio había causado más problemas de los que me hubiera gustado. ¿Cómo iba a arreglar esto ahora?

—Eso explica muchas cosas —murmuré.

—Bueno, no entiendo nada. ¿Me pones al día?

—Mi ex estuvo aquí, le di un puñetazo y lo mandé al diablo. Fin de la historia.

Elli jadeó. —¿Le diste un puñetazo a Luke Rogan?

Había olvidado que Elli no sabía que Luke me había engañado con mi mejor amiga, a la vista de todos.

—Digamos simplemente que se lo merecía y que no volverá. No quise decir nada para no causar más problemas.

—Eso suena a una historia que deberías contarme en una *noche de sofá, Ben&Jerry's y cine*. Pero volviendo a lo importante, ¿qué pasa con Caleb?

Pensativa, me mordí el labio inferior mientras la punta de mi pie dibujaba círculos en la grava.

—Creo que ha roto conmigo.

Vaya. Decir las palabras en voz alta fue como un puñetazo en el estómago. Extremadamente doloroso, y me sentí tan mal que casi vomito.

—No te tomes en serio lo que diga, mi hermano a veces puede ser un verdadero idiota. —Elli resopló fuerte—. Es solo la testosterona, ya entrará en razón.

—Parecía bastante serio. —Deseaba que fuera diferente, pero la vida no era un concierto de deseos, ni siquiera la mía.

—En una escala del uno al diez, ¿qué tan serio?

Reprimí un sollozo presionando mi mano contra mi boca e intentando respirar profundamente por la nariz. Me apoyé contra el lado con sombra de la camioneta de Caleb y me deslicé lentamente hacia abajo. Con esto, oficialmente había llegado al punto en el que enterré mi cabeza entre mis rodillas y me di por vencida.

Me tomó un momento recomponerme. Aun así, había perdido mi espíritu de lucha.

—¿Faye? —insistió Elli, mientras yo miraba fijamente los corrales en el horizonte, tratando de acostumbrarme a la sensación entumecedora que emanaba de mi corazón. El dolor me dejó claro una vez más que nunca había sentido nada por Luke; él solo había herido mi orgullo.

—En una escala del uno al diez, diría que está en el nivel de *me-voy-a-la-cárcel-y-no-quiero-volver-a-verte*.

—Bueno, descripción extrañamente precisa y no muy comprensible, pero está bien.

¿Cómo iba a explicarle a Elli que su hermano acababa de ser llevado por el sheriff? Deseaba haber estado menos ocupada con mis pensamientos y sentimientos. En realidad, no había entendido en absoluto lo que el sheriff quería. O por qué Caleb me había acusado todo el tiempo de haberle mentido. Yo solo quería traer el ganado que June necesitaba para la competencia.

—Un momento, ahí viene Clay con el ganado —escuché a Elli decir desde lejos.

—¿Qué está haciendo Clay? —Un rayo atravesó mi cuerpo. Elli sostenía el teléfono contra su pecho, por lo que solo podía escuchar un murmullo de voces, pero nada preciso.

—¡Vamos, dime qué pasa con el ganado! —Por supuesto, ella no podía oírme, pero era lo único que podía hacer. Esperar, llorar y gritar.

—Clay dijo que el ganado todavía estaba en el corral móvil.

Oh oh. Ahora de repente todo tenía sentido.

—Oh no —se me escapó, y me llevé la mano a la boca—. Entonces realmente acabo de robar ganado.

—¿He oído bien?

—Ojalá pudiera responder a esa pregunta con un *sí*. Al menos ahora entiendo por qué Caleb mencionaba a los Chamberlain una y otra vez.

Y con esto, mi amistad con Elli probablemente había terminado. Debido a mi mal sentido de la orientación, Caleb tenía un pie en la cárcel. Con la idea de que ya no sería bienvenida en Red River, mi corazón dolió un poco más.

—¡Oh, Dios mío, Faye Fanning! ¡Eres una auténtica rebelde! —Esperaba cualquier cosa, pero no ser aclamada—. ¡Oigan todos, Faye le dio una paliza a su ex esta mañana *y* robó ganado de Greenhill! Por accidente, pero aun así, ¿no es una locura?

Aunque nadie podía mirarme con aire de culpabilidad, mis mejillas se sonrojaron porque Elli acababa de anunciar al mundo entero que yo era una delincuente. ¡Debería haber sido obvio que había cargado el ganado equivocado!

—En cualquier caso, Caleb asumió la culpa y fue arrestado por el sheriff Cooper —concluí mi resumen de los acontecimientos. Agarré unas briznas de hierba seca y comencé a juguetear distraídamente con ellas.

—Realmente no dejas que nada se queme. —Elli todavía sonaba emocionada y me pregunté si alguna vez podría reírme de este capítulo de mi vida.

—Bueno, el que puede, puede —respondí suspirando y arrojé algunas de las briznas de hierba al suelo frente a mí.

—¿Por qué sigues deprimida?

—¿Qué más puedo hacer? —Fruncí el ceño irritada. ¿No era obvio que estaba lamentando mi relación perdida, que se había roto debido a malentendidos? *Oh*. Elli quería señalar que eran solo malentendidos, cosas fáciles de aclarar que arreglarían todo, y tenía razón.

—¿Quieres decir que deberíamos ir a ver al sheriff?

—¡Claro, saquemos a mi hermano de la cárcel! ¡No puedo esperar para contarles esta historia a mis hipotéticos nietos!

—Y yo no puedo esperar para evitar que conviertas a nuestros hipotéticos hijos en pequeños delincuentes —escuché a Clay gruñir de fondo.

—¿Entonces me ayudarás? —pregunté sorprendida.

—¿Tú qué crees?

—Creo que el torneo ya está en pleno apogeo.

—¿Qué es un torneo comparado con la historia de fogata más genial de la historia? Además, la carrera de barriles aún continúa. Como *alguien* no tenía ganado para el team roping, todo se retrasó un poco. Si nos damos prisa, podrán competir a tiempo.

—¿Entonces a qué estamos esperando? —Salté de alegría porque no podía creer mi suerte—. Ah, Elli. No deberías esperar nada más, sino ponerte en marcha. Yo te esperaré.

Aunque no sabía cuánto se desviaba Elli de su camino por esto, sabía con certeza que yo habría conducido sin rumbo en la dirección completamente equivocada.

—A estas alturas has demostrado que tu sentido de la orientación es incluso peor de lo que afirmabas. Aguanta, ya voy. Green Hill no está lejos de aquí.

Exhalé aliviada. Con esto, la parte más difícil —el camino hacia el sheriff— estaba resuelta. Ahora tenía que esperar que Caleb me creyera en cuanto a lo sinceros que eran mis sentimientos por él. Sin importar si llegábamos a tiempo para la competencia o no, tenía que decirle las palabras más importantes que un ser humano puede decir. *Te amo.*

Capítulo 24 – Caleb

—Estoy realmente decepcionado contigo —dijo Cooper, sentándose frente a mí.

—Ya somos dos. —Inhalé el aroma del café viejo y el pastel de arándanos rojos que había dejado sobre la mesa frente a él.

La sala de interrogatorios donde nos encontrábamos era al mismo tiempo la oficina del sheriff. Otra prueba de que Merryville era un pueblito bastante tranquilo.

—¿Quieres un trozo? —preguntó el sheriff, señalando el pastel con el tenedor—. Es un pequeño agradecimiento de la señora Wheeler, después de que la *rescatamos* de la zarigüeya en el ático.

—No. No tengo hambre —gruñí.

—Bueno, ¿en qué estabas pensando, muchacho? —preguntó, pinchando un trozo de pastel con su tenedor.

—Buena pregunta. —En realidad, no había pensado en nada. Mis fusibles se habían quemado y sentí que era más seguro para todos si iba a la comisaría con el sheriff en lugar de ir hacia Montana con el hacha.

—¿Por qué no empezamos desde el principio? —me sugirió.

Me encogí de hombros. No tenía ni idea de por dónde empezar.

—¿Cómo se te ocurrió siquiera la idea?

Volví a encogerme de hombros.

—¿Y cuántos casos son obra tuya?

—Solo este —enfaticé seriamente.

El sheriff Cooper arqueó las cejas inquisitivamente.

—Las últimas veces lo dije en broma, pero aun así tengo que preguntártelo: ¿Tienes algo que ver con los otros casos?

—No. —Crucé los brazos sobre el pecho y esperé que el interrogatorio terminara pronto. Ya no tenía nervios para esto. En el fondo, estaba harto de todo. Lo único que quería era una botella de licor casero y un agujero oscuro donde tener mi paz.

¿Estaría abierto el bar de Tucker a esta hora?

Maldita sea, antes siempre compadecía a los hermanos Anderson, que se sentaban en la celda de al lado para desintoxicarse. Ahora podía entender de alguna manera a esos borrachos pendencieros.

—¿Así que no estuviste involucrado en el robo de ganado en Dallas, Austin o más al norte?

—No. Allí solo gané trofeos.

El sheriff Cooper se inclinó hacia mí sobre la mesa. —¿Cómo fue en Dallas? ¿Hubo otra vez... *ya sabes*?

Sonriendo, me reclinédash. —Diablos, sí. Te perdiste algo realmente bueno.

—Qué lástima, realmente debería haber ido —murmuró, sacudiendo la cabeza.

—Deberías haberlo hecho —respondí.

Nunca fui fanático de la charla trivial, pero hoy se sentía especialmente extraña porque prácticamente estaba en el banquillo de los acusados.

—Bueno, pero Mary-Anne no es fácil de convencer. Incluso después de veinte años, todavía me tiene bien agarrado. —Sonrió, mientras miraba con orgullo una foto enmarcada que los mostraba a ambos.

—La mujer que me tenga agarrado por las pelotas aún tiene que aparecer —gruñí, más para mí mismo que para el sheriff. *Dijo, mientras cargaba con el delito de una mujer.*

—Pensé que ya lo había hecho. —Levantó las cejas de manera significativa.

—Pensaste mal.

—Qué mala suerte. Parecía bastante prometedor. —Sin ser consciente de lo corta que era mi mecha con respecto a Faye, el sheriff Cooper siguió comiendo tranquilamente su pastel. Por un momento, consideré clavarle el tenedor en la mano; por otro momento, me pregunté si tener el tenedor en mi mano aliviaría algo del maldito mal de amores que me acechaba.

—Muy bien, volvamos a lo esencial. ¿Qué pasó exactamente en Green Hill?

Mis mandíbulas se tensaron y mis manos se cerraron nuevamente en puños al pensarlo. Me hubiera encantado saber qué pasaba por la bonita cabeza de Faye y por qué me había mentido.

—Me temo que fue una serie de malditas coincidencias.

Me guardé para mí que los sentimientos heridos y el orgullo dañado también jugaron un papel. Algunas cosas simplemente no eran asunto del sheriff.

—¿Puedes ser más específico?

Me recliné aún más. No tenía idea de qué decir ahora. Se me habían acabado las declaraciones crípticas.

—Bueno, supongo que el ganado no se cargó solo —continuó el sheriff Cooper, cuando mi silencio críptico se hizo cada vez más fuerte.

—Ojalá fuera así.

Sonrió. —Los remolques de autocarga aún están por inventarse.

En ese momento, la puerta se abrió de golpe y Elli y Faye irrumpieron en la oficina.

—¡Sheriff! ¡Caleb es inocente! ¡Sea lo que sea que haya confesado, está mintiendo! —soltó Faye. Mi hermana pequeña asintió con entusiasmo.

—Todavía no he confesado nada —gruñí, mirando seriamente a Faye—. ¿Por qué demonios no estás en la competencia?

Miré el reloj. No había posibilidad de que llegara a tiempo. Incluso si los jueces concedían un pequeño aplazamiento.

—Porque no me importa el torneo de verano, pero tú sí.

Entrecerré los ojos para percibir cualquier pequeño gesto en su rostro. Pero el hecho de que no detectara una mentira no significaba necesariamente que estuviera diciendo la verdad. Maldita sea, nada de lo que había sucedido hoy encajaba de alguna manera.

Me froté las sienes palpitantes con las yemas de los dedos mientras mi hermana tomaba la palabra.

—Sheriff, todo esto es un gran malentendido.

—Malentendido o no, ¿alguien podría explicarme finalmente qué pasó exactamente?

Faye me miró sorprendida. —¿No has dicho nada?

—No. —Mi voz sonaba áspera y cansada.

—Para ser más preciso, no he recibido más que formulaciones sin sentido.

—Bien —dijo Elli con firmeza. Luego su mirada se desvió hacia el pastel de arándanos que estaba sobre la mesa—. Vaya, huele delicioso.

—¿Quieres un trozo? —ofreció el sheriff.

—¡Claro, por supuesto!

Faye le dio un codazo a Elli y susurró: —¡Ahora no, Elli!

—Oh, sí. Por supuesto. —Se aclaró la garganta, pero miró el pastel más tiempo del que me hubiera gustado—. Primero tendríamos que sacarte de la cárcel.

Fruncí el ceño. —Esto no es la cárcel.

—Con esos antecedentes, probablemente terminaría en libertad condicional. Suponiendo que fuera un incidente aislado.

—¡Lo fue! —gritaron Elli y Faye al unísono. La mera amenaza de un posible castigo las hizo entrar en pánico.

Faye dio un paso adelante y puso esa mirada de cachorrito a la que nadie podía resistirse, ni siquiera yo, aunque nunca lo dejaba notar.

—Sheriff, ¿puedo aclarar el asunto?

—Se lo ruego, señorita Fanning.

Puso un mapa sobre la mesa y lo extendió.

—Pensé que el ganado que robé *por accidente* de Green Hill estaba aquí. —Señaló el mapa. Aunque no veía nada en detalle, sabía que su dedo no estaba en la propiedad Farley, y definitivamente no en Red Rivers. Elli tomó su mano y la movió un buen trecho más abajo.

—Como sea. Cargué el ganado equivocado sin querer porque mi sentido de la orientación es bastante terrible.

—Evidentemente —gruñí. Sin embargo, no podía creer que eso fuera todo.

—Sheriff, realmente pensé que era el ganado para el equipo de lazo. —Faye juntó las manos como si rezara—. ¡Por favor, créeme!

El sheriff paseó su mirada entre mí, Faye y mi hermana, quien se aclaró la garganta.

—Faye dice la verdad. Y porque mi hermano, aunque es un idiota, tiene el corazón en su sitio, encubrió a Faye. Si hoy no anuncia su regreso, su carrera se acabó.

—¿Y aun así están aquí? —El sheriff levantó una de sus pobladas cejas inquisitivamente.

—Sí. Porque no quiero que Caleb acabe en prisión por mi culpa.

—Lo que no tiene que hacer, porque hemos aclarado el asunto —respondió Elli con un tono deliberadamente diplomático. Se volvió hacia el Sheriff Cooper—. ¿Qué le parece si discutimos el resto con un trozo de pastel? Llamaremos a los Chamberlain, les explicaremos que todo fue un gran malentendido, y todo volverá a la normalidad.

Mi hermana miró al sheriff de manera tan sugerente que incluso él no pudo pasar por alto que se le pedía que abandonara su oficina. Y como Elli era conocida en todo Merryville por su afición a discutir, realmente se levantó, tomó la bandeja medio llena de pastel y murmuró algo en voz baja.

Faye cerró la puerta para tener algo más de privacidad antes de arrodillarse frente a mí para hablarme a la altura de los ojos.

—¿En qué estabas pensando, Caleb?

—¿Por qué me ocultas secretos? —Mi pregunta fue recibida con asombro.

—No te oculto ningún secreto. —Quería creerle, maldita sea, pero las imágenes de ella y su chico dorado en nuestra granja simplemente no desaparecían de mi mente.

—¿Y qué hay de tu ex? —Escupí las palabras con tanto desprecio como si fueran amargas como la hiel.

—Oh, te refieres a eso... —Sus ojos se agrandaron.

—Exactamente a eso me refiero.

—Lo mandé a paseo. —Triunfalmente, me puso su puño derecho delante de la cara, cuyos nudillos estaban enrojecidos—. Y le di un puñetazo.

Incrédulo, tomé su mano y acaricié suavemente los nudillos heridos.

—¿Entonces no querías volver con él a Montana?

—¡Cielos, no!

—Lo de Green Hill fue realmente un accidente.

—¡Sí! —Exhaló profundamente antes de mirarme con seriedad—. Caleb, te amo. Y cuando me preguntaste antes si tenía algo que decirte...

Reflexivamente, puse mi dedo sobre sus labios, pero ella apartó mi mano con un resoplido furioso. Ya la había perdonado hace tiempo, pero parecía importante para ella decir lo que quería decir.

—¡Por todos los santos, escúchame de una vez, porque es importante! ¡Quiero quedarme contigo!

¿Había oído bien?

—Dilo otra vez.

—Eres más importante para mí de lo que mi carrera podría ser jamás. Y si eso significa que tengo que viajar contigo de competencia en competencia, está bien para mí. Lo importante es que estemos juntos.

—¿Renunciarías a tu carrera por mí?

—Ya lo he hecho. —Señaló imperturbable el reloj que colgaba sobre la puerta.

—Terminaste tu carrera aunque no sabías cómo iba a decidir yo —resumí la situación.

—Sí. Pero el riesgo valía la pena para mí.

Me puse de pie. —Faye Fanning, el día de hoy ha demostrado que tengo que cuidarte mucho mejor.

—¿En serio? —Faye saltó.

—En serio. Con la condición de que me perdones por haber sido un completo idiota hoy.

Faye asintió y la atraje hacia mí.

—Eres mi chica —gruñí—. Me perteneces, y a partir de ahora voy a defender mi propiedad, maldita sea.

Capítulo 25 – Faye

Mientras me acurrucaba aliviada en los brazos de Caleb, Elli se ocupaba de todo lo demás. Todavía éramos criminales buscados. Además, seguíamos siendo participantes de la competición, aunque nos hubieran descalificado.

Caleb me atrajo hacia sí y me besó con intensidad. Era una sensación increíble saber que recibiría besos así durante toda mi vida futura. No había nada que me embriagara más, excepto quizás cuando me gruñía al oído que le pertenecía.

Le pertenezco - y eso era todo lo que siempre había querido.

Me acarició el pelo y respiré su aroma masculino y amaderado, del que era tan adicta.

—¿Caleb?

—¿Hm? —No tenía intención de separarse de mí.

—Deberías enseñarme a leer mapas sin falta.

Aunque lo dije en serio, le oí reír suavemente.

—Esa será una tarea condenadamente difícil.

—Lo sé, pero tienes tus métodos. —Le guiñé un ojo de manera sugerente.

—Desafortunadamente, mis métodos no ayudan con todos los problemas.

Se separó de mí y miró el reloj una vez más. La competición había comenzado sin nosotros, pero eso me daba completamente igual. Había dicho cada palabra en serio, mi amor por Caleb era más importante.

—Vamos a ver si Elli necesita ayuda.

Juntos salimos afuera, donde Elli se me echó al cuello.

—¡Felicidades, al final no os habéis convertido en delincuentes peligrosos!

Exhalé aliviada. Mi mal sentido de la orientación ya me había metido en problemas muchas veces, ¡pero nunca en la cárcel!

—Los Chamberlain han retirado la denuncia —explicó el sheriff brevemente.

—Bien. Pero aun así nadie nos dejará olvidarlo, ¿verdad?

El sheriff Cooper soltó una carcajada. —Definitivamente no. Esta historia correrá más rápido que la del incidente de Acción de Gracias de hace unos años.

No sabía qué había pasado, pero las mejillas de Elli se pusieron rojas de repente y agitó las manos en el aire.

—Sí, sí, ya está bien. Cambiando de tema: ¿Cómo podemos limitar los daños?

—Me temo que con un par de canciones extra no será suficiente —murmuré. Se suponía que además de mi participación en el torneo, también debía estar en el escenario cantando.

—Con cerveza gratis —sugirió Caleb—. Mucha cerveza gratis.

—¡Como sea que lo vayáis a resolver, pensadlo rápido! ¡No deberíamos perder más tiempo!

Miré expectante al sheriff, quien me guiñó un ojo.

—Estáis libres de todos los cargos y podéis iros.

Mientras Elli y yo nos precipitábamos hacia la puerta al mismo tiempo, Caleb no hizo ademán de irse.

—¿Acaso has olido el aroma de la cárcel, hermanito? —preguntó Elli con sarcasmo.

—No. Pero me pregunto si al sheriff le gustaría encender las luces de emergencia una vez más hoy.

Estaba a punto de poner los ojos en blanco, pero el sheriff Cooper parecía estar considerando realmente la sugerencia de Caleb.

—Es por una buena causa: la *Wild Horse Competition* —enfatizó Elli haciendo un puchero.

—Está bien, de acuerdo —cedió el sheriff Cooper, y mi mandíbula cayó al suelo cuando sacó las llaves del coche del bolsillo del pantalón y se apresuró a salir delante de nosotros.

Con las luces de emergencia encendidas —y tanta velocidad como permitían los límites— nos dirigimos a toda prisa hacia el recinto del torneo.

—No es que desee tener que encender la sirena más a menudo, pero me encanta ese sonido —dijo el sheriff Cooper con una sonrisa. Mientras él disfrutaba del espectáculo, Caleb, Elli y yo estábamos apretujados en el asiento trasero intentando no clavarnos los codos en las costillas.

—¿Cuánto falta? —preguntó Elli impacientemente, con la cara pegada a la ventanilla.

—Ya no mucho.

Unas calles más adelante, el sheriff apagó la sirena, pero dejó las luces de emergencia encendidas. Luego giramos hacia el enorme recinto del torneo. Me deslicé en el asiento tan abajo como pude, porque nuestro taxi policial atraía bastante atención.

Para lo tranquilo que parecía Merryville, había mucho movimiento. Por todas partes caminaban vaqueros y vaqueras. Olía a paja y a carne a la parrilla, y por todas partes había animales en corrales, alrededor de cuyas vallas se arremolinaban niños pequeños para acariciarlos o alimentarlos.

En muchas de las cercas y postes había banderines y guirnaldas de colores pintados con los colores de la bandera nacional de Texas.

En medio de la plaza de la feria, el sheriff nos dejó bajar y enseguida se vio envuelto en una conversación con alguien que vendía mazorcas de maíz a la parrilla.

Elli, Caleb y yo nos dejamos llevar con la corriente de la gente hacia el centro.

En un escenario de madera, justo en frente de uno de los grandes pabellones, tocaba la misma banda que había actuado en la barbacoa mensual de Sue, y les saludé con entusiasmo. Respondieron a mi saludo con un asentimiento y una invitación al escenario, que decliné con una sonrisa.

La mayoría de los visitantes se encontraban en el pabellón más grande del torneo, donde se estaba anunciando al siguiente jinete.

Si no tuviera un pésimo sentido de la orientación... Aparté ese pensamiento. No servía de nada pensar en oportunidades perdidas. Sin embargo, me carcomía la conciencia por haber privado a Caleb de su victoria. Con eso había puesto un abrupto final a su racha ganadora.

—Deberíamos hablar con el organizador. Tal vez nos pueda poner al final, ¿no? —pregunté.

Elli negó con la cabeza. —Los Pearson son implacables, créeme. Mientras no tengamos nuestro propio centro de eventos, no podemos hacer nada.

—Qué mierda. —Miré a Caleb—. Lo siento por haber acabado con tu racha ganadora.

—No tienes por qué —gruñó Caleb, poco convincente.

Elli quería decir algo, pero Caleb me agarró de la muñeca y me arrastró hacia el gran pabellón de eventos donde también se llevaba a cabo la carrera de barriles.

—¿Qué vas a hacer? —pregunté.

—Algo que debería haber hecho hace mucho tiempo.

Elli se quedó perpleja mientras Caleb me llevaba al pabellón lleno de gente, del cual acababa de salir trotando un participante del torneo. Se detuvo brevemente en la valla, quitó un trozo de alambre y murmuró algo antes de continuar su marcha conmigo a cuestas.

Quisiera o no —y definitivamente no quería—, Caleb me arrastró por la pista de equitación hasta la mesa del jurado, donde había un micrófono.

Al menos ya no podíamos ser descalificados por alterar el orden público, si es que existía tal cosa.

—Disculpen un momento —dijo Caleb, tocándose el ala del sombrero y luego agarrando el micrófono de la mesa.

Aunque los jueces parecían algo confundidos, lo dejaron proceder. Caleb esperó un momento hasta que el público emocionado se calmó un poco, y sacó el alambre que había recogido de la valla de su bolsillo para doblarlo.

—Para aquellos que no me conocen, soy Caleb Key, el campeón actual de carreras de barriles. —Siguieron fuertes vítores y aplausos—. Y a mi lado está la encantadora Faye Fanning.

Asentí avergonzada y esperé pacientemente hasta que los aplausos que el público nos brindaba se fueron apagando lentamente.

—Algunos de ustedes seguramente se han preguntado por qué aparecemos hasta ahora, en un coche de policía. Y algunos de ustedes seguramente se han preguntado dónde están las reses para el lazo en equipo. Afortunadamente, puedo responder ambas preguntas: Faye y yo fuimos confundidos erróneamente con los ladrones de ganado que ahora también están haciendo de las suyas aquí.

Fuertes risas y aplausos, incluso los miembros del jurado sonrieron. Me pregunté cuántos tomarían la explicación de Caleb como una broma.

—Descalificación o no, esto me ha hecho darme cuenta de algo. —Caleb se volvió hacia mí y apretó mi mano aún más fuerte. Contuve la respiración por la tensión, y todo a mi alrededor se quedó en completo silencio. Ahora solo existíamos yo, Caleb y el aroma a madera del aserrín que cubría el suelo.

—Tienes toda la razón, una carrera no significa nada cuando has encontrado el verdadero amor. Tú eres mi único y verdadero amor, Faye.

Vaya. La piel se me puso de gallina mientras mi corazón daba un enorme salto. Esto era mejor que cualquier canción de amor que yo hubiera escrito jamás, porque era real. Apartó el micrófono por un momento, porque sus siguientes palabras estaban destinadas solo para mí.

—He estado dándole vueltas durante mucho tiempo a cómo mostrarle al mundo que eres solo mía.

Sus ojos se oscurecieron y se volvieron tan sombríos que otro escalofrío recorrió mi cuerpo. Seguramente no iba a...

Caleb se arrodilló, sacó un anillo improvisado de alambre de su bolsillo y lo sostuvo en alto.

—Faye Fanning, ¿quieres casarte conmigo?

Oh. Dios. Mío. Empecé a hiperventilar y me abaniqué con la mano.

—¡Sí!

Caleb me puso un anillo —hecho de alambre— en el dedo antes de levantarse de un salto y besarme como un verdadero vaquero. Los repentinos vítores a nuestro alrededor intensificaron los sentimientos que pulsaban por todo mi cuerpo. Estaba abrumada y rebosante de felicidad, incluso me atrevería a decir que todo el caos había valido la pena. Sin mi mal sentido de la orientación, nunca habría terminado aquí, con el hombre de mis sueños.

—Este es solo un anillo de compromiso provisional —murmuró Caleb seriamente. Pero yo sostenía el anillo en alto con orgullo mientras él devolvía el micrófono al jurado.

—¡Es perfecto! —le contradije y mostré mi anillo al público—. Y yo que pensaba que recordaríamos este día porque Trouble y yo romperíamos oficialmente tu récord de tiempo.

—No te pases de lista, señorita. —Su voz se había convertido en un gruñido que hizo palpitar mi centro.

—¿O qué? —pregunté desafiante.

—O me veré obligado a darte otra lección. Aquí y ahora.

—Como si te atrevieras —dije con calma. Caleb nunca se atrevería a ponerme sobre sus rodillas frente a cientos de espectadores. Al menos eso pensaba, pero cuando me agarró y me echó sobre su hombro, supe que me había equivocado.

Riendo, pero también algo asustada, golpeé su fuerte espalda mientras me sacaba del pabellón.

Habíamos perdido la competencia sin pena ni gloria, pero a cambio habíamos encontrado algo mucho más importante: el uno al otro. Y para siempre.

—¡Caleb, te amo! ¡Pero si no me bajas ahora mismo, tendremos un gran problema!

—Yo también te amo —murmuró, ignorando mi exigencia—. Y si no te quedas quieta ahora mismo, *nosotros* tendremos realmente un problema.

Con *nosotros*, Caleb en realidad se refería a mí, y era exactamente el tipo de problema que necesitaba para poder procesar mejor todo el

día. Pero en el fondo de mi corazón, sabía que cada día con Caleb sería un día perfecto, como lo es cuando tienes al amor de tu vida a tu lado.
—Te amo, Caleb.
—Y yo te amo a ti, Faye.

Epílogo Faye

Mientras fingía colgar guirnaldas, observaba secretamente a Caleb, que pasaba junto a mí con dos pesados postes de madera sobre sus anchos hombros. Me encantaba cuando demostraba lo fuerte que era.

—Estás babeando —dijo al pasar, sin mirarme.

—¡No es cierto! —protesté, aunque me limpié la boca con el brazo por si acaso.

—¿Y qué estás haciendo entonces? —Caleb dejó deslizar la madera de sus hombros.

—Estoy colgando estas guirnaldas. —Agité con entusiasmo los banderines rojos que había sujetado en la tribuna.

—Eres la peor mentirosa que he conocido jamás.

—Sí, vale, me has pillado —suspiré admitiendo. No tenía defensa contra ese argumento, porque era la peor mentirosa del mundo. Lo único que se me daba aún peor era orientarme.

—¿Así que admites que has sido una chica mala? —Su gruñido sonaba prometedor, por lo que le contradije. Soy una chica muy, muy mala.

—¿Si te refieres a que te encuentro bastante sexy mientras trabajas? Culpable según los cargos. —Levanté mi mano derecha para jurar, mientras la izquierda se posaba a la altura de mi corazón.

—Bien salvado, cariño.

Caleb metió ambos postes de madera en unos agujeros y los hundió más en el suelo con un martillo enorme. Todavía no podía creer lo rápido que su visión estaba tomando forma. En pocas semanas se celebrarían aquí los primeros torneos que Caleb organizaba. Y como los torneos y las fiestas sin música solo son la mitad de bonitos, yo me encargaba de la música. Admito que me alegraba poder seguir con la parte de mi trabajo que siempre me había gustado. Sin el estrés de las giras ni las interminables noches en el estudio.

Sonreí para mis adentros al pensar en Tony, que aunque estaba bastante encantado con la propuesta de Caleb, estaba horrorizado por el hecho de que me quedara en Merryville. Según los rumores, casi se desmayó cuando le envié de vuelta a Montana la renovación de mi contrato sin firmar.

—¿En qué piensas? —preguntó Caleb mientras colocaba los siguientes dos postes en posición.

—En que soy bastante feliz aquí. —Sujeté más guirnaldas antes de saltar de la escalera y apoyarme contra uno de los postes fijos que más tarde cercarían la pista de equitación.

—¿Bastante feliz? —Caleb arqueó una ceja inquisitivamente.

—Sí. Pero sería aún más feliz si por fin te desabotonaras la camisa.

Le miré con aire sugerente, lo que le provocó una sonrisa seductora.

—¿Eso crees?

Asentí y me mordí el labio inferior lascivamente. Caleb me miró profundamente a los ojos, y se me cayó la mandíbula cuando realmente se desabotonó la camisa sin apartar la mirada de mí.

Vaya. Tenía que admitir que no esperaba que realmente se desnudara. A plena luz del día, en medio de una obra llena de gente.

Su abdomen sudoroso brillaba bajo la luz del sol, mientras mi bajo vientre se contraía alegremente. ¡Pronto me casaría con un semidiós! Por mí, podía ir así al altar. Solo con botas y unos vaqueros rotos.

Ante esa visión, mis piernas flaquearon, por lo que me apoyé aún más fuerte contra el poste de la valla.

Nerviosamente, jugué con mis dos anillos de compromiso, porque Caleb había insistido en regalarme un anillo de verdad, aunque yo encontraba perfecto el anillo de alambre.

Para colmo, Caleb arrugó su camisa y se limpió el sudor del torso con ella. Sabía exactamente cómo hacer que mi sangre hirviera hasta que sentía que me quemaba. ¡Y si ahora seguía su mirada sombría, seguro que me desmayaría!

—¡Eh, chicos! —gritó Elli. Nos saludó con un periódico enrollado. Nunca me había alegrado tanto y a la vez estado tan enfadada de que apareciera justo ahora.

—¿Qué pasa? —preguntó Caleb con interés. Tomó el mazo y volvió a hacer alarde de sus músculos.

—¡Hay noticias! Por fin han atrapado al ladrón de ganado.

—¿En serio? —Ahora había conseguido despertar mi curiosidad. Todavía me costaba desprenderme de Caleb, pero lo conseguí.

—Ya era hora —gruñó Caleb y clavó el siguiente poste en el suelo. Aunque mi incursión accidental se había aclarado por completo, seguía siendo el tema de conversación. Probablemente seguiría así hasta que hubiera otro gran tema de conversación, en el que con suerte Caleb y yo no seríamos el centro de atención.

—Sip. —Elli desplegó el periódico y presentó orgullosamente la portada, en la que el sheriff Cooper sujetaba a un mapache en su mano extendida.

Caleb le arrancó la portada de la mano y la examinó con una mezcla de ira y consternación.

—¿Un maldito mapache casi me manda a la cárcel?

Elli se encogió de hombros. —Bueno. Le gustaba roer las vallas.

—Y mapache o no, el ganado de Green Hill sigue siendo el ganado de Green Hill —admití en voz baja.

—Qué historia tan loca. —Elli sacudió la cabeza con una sonrisa nostálgica.

Caleb asintió, luego dejó a un lado el pesado martillo y arrojó sus guantes de trabajo sobre la tribuna a medio decorar.

—Por mucho que me gustaría seguir charlando... —comenzó, pero le interrumpí.

—Como si te gustara charlar, señor Soy-un-solitario.

Elli se rió y no se dejó intimidar por las miradas sombrías que Caleb me lanzaba.

Oh oh. No es que no lo hubiera provocado, pero su expresión oscura me pillaba desprevenida cada vez, al igual que el hormigueo de mi cuerpo que se producía.

—¿Qué significan esas miradas crípticas? —pregunté, como si no fuera consciente de mi culpa.

Una suave brisa otoñal me agitó el cabello y me envolvió con el aroma de madera recién cortada. Elli, que estaba a mi lado, se frotó los brazos estremeciéndose.

—¿Me equivoco o ha refrescado bastante?

—Yo no lo creo. —Más bien tenía la sensación de estar a punto de arder, y las miradas de Caleb avivaban aún más el fuego.

—En serio, chicos. ¡Mi radar de tormentas se está activando! —insistió Elli.

—Entonces deberíamos recoger y continuar mañana —dijo Caleb seriamente—. Si hay algo en lo que se puede confiar en Elli, es en su apetito, su intuición para los caballos y su radar de tormentas.

—Vale. Entonces voy a avisar a los demás. —Elli nos hizo un gesto con la cabeza y luego fue a avisar a los pequeños grupos que trabajaban en diversas cosas.

—¿Por qué tengo la sensación de que esto te viene muy bien? —Le sonreí a Caleb de manera sugerente.

—Porque me viene muy bien —respondió—. Llevas toda la mañana buscando que te dé unos azotes.

—¿Ah, sí? —Fingí no saber nada.

—Sí. Huelo cuando buscas problemas, Faye. Es como un sexto sentido.

—En realidad, es uno de los cinco sentidos —murmuré, lo que le dio más ventaja.

—¿Ves? Por suerte, llevo toda la mañana esperando a que te pases de la raya.

—¿Y acabo de hacerlo?

Epílogo Caden

Maldita sea, había estado esperando todo el día esta oportunidad para mostrarle a Faye en lo que había estado trabajando en secreto durante las últimas semanas.

—¿Adónde me llevas? —preguntó ella en voz baja.

Sus hermosos ojos de diamante estaban vendados.

—¿Dónde estaría la diversión si simplemente te revelara lo que planeo hacer contigo?

—¿Y para qué la venda en los ojos?

—Conoces mi sentido de la orientación —sonreí.

Mientras tanto, Faye se había convertido en una auténtica jinete e incluso podía manejar el lazo bastante bien, pero no había logrado quitarle su mala orientación.

—Ya casi llegamos —dije, guiando a mi prometida hacia adelante con una suave presión.

Estábamos justo frente a mi casa, aunque ella no lo sabía, ya que había insistido en la venda desde el estacionamiento de mi futuro centro de eventos.

—Por cierto, Elli tiene razón, pronto habrá una tormenta —susurré al oído de Faye mientras observaba las enormes nubes negras de tormenta. Sobre nosotros se estaba formando una tormenta feroz, como pocas veces se veía.

Sin rodeos, llevé a Faye al establo que había remodelado. La parte delantera parecía un establo normal para caballos, pero la parte trasera la había adaptado para mis propósitos muy personales. Con solo pensar en ello, mi miembro palpitaba una y otra vez.

Lentamente, Faye debía darse cuenta de lo que le esperaba, pero aun así se dejó guiar por mí hacia la guarida de la bestia.

Al llegar a nuestro destino, deslicé la blusa de Faye sobre sus hombros y la despojé, lenta y sensualmente, de todas sus prendas restantes. Besé su cuello, lo que la hizo estremecer. Donde mi aliento caliente tocaba su piel, dejaba piel de gallina.

A diferencia de mí, Faye no tenía idea de dónde estábamos, y me pregunté qué pasaba por su hermosa cabeza.

Con pasos pesados y bien audibles, caminé a su alrededor. Ella intentaba ocultarlo, pero estaba condenadamente nerviosa. Yo también lo estaría en su lugar, después de haberme desafiado toda la mañana.

Me dirigí a la pared y tomé una cuerda, que luego enrollé alrededor de las muñecas de Faye, que sostenía frente a su pecho.

—Estoy malditamente feliz de que disfrutemos lo que estamos haciendo —susurré con reverencia. Había pasado mucho tiempo y, para ser honesto, gracias a Faye había olvidado por completo todo el drama de relaciones que me había convertido en un solitario. Le dediqué un último segundo a mi ex, que me había amenazado con el fin de mi carrera, antes de hundirla para siempre en las profundidades de mis pensamientos junto con un saco de piedras.

Faye nunca usaría mis secretos en mi contra. Mis secretos estaban tan seguros con ella como los suyos lo estaban conmigo.

—Sé exactamente a qué te refieres. —En sus labios había una suave sonrisa que disfruté por un segundo antes de llevarla al potro que había construido, sobre el cual la incliné.

Aunque estaba ciega y no sabía lo que planeaba hacer con ella, su cuerpo era cera en mis manos. Una prueba de confianza que apreciaba mucho, y que nunca abusaría.

—Volvamos a lo esencial, Faye. Hoy has sido una chica mala.

—Sí, señor.

—¿Y qué debería hacer con chicas como tú?

Mi voz se volvió áspera y gutural, mi hambre por ella era inconfundible. Y con el profundo retumbar de los truenos de fondo, mis palabras adquirieron un matiz que le provocó otro escalofrío por la espalda.

—Tú decides.

—Buena respuesta.

Sonriendo, caminé una vez más alrededor de Faye. Me encantaba este visible desequilibrio de poder entre nosotros. Ella desnuda, atada e inclinada hacia adelante tanto que tenía una vista perfecta de sus lugares más íntimos. Mis dedos recorrieron su suave piel, la suave presión de mis uñas le arrancó un gemido.

El deseo se acumulaba entre sus piernas, y eso que ni siquiera había empezado.

Con un fuerte tirón, saqué mi cinturón de mis pantalones. Un estremecimiento recorrió su cuerpo cuando escuchó el sonido familiar.

Doblé el cinturón de cuero y acaricié con la hebilla la piel sensible de sus muslos. Mi mirada se desvió de nuevo hacia la pared, donde había más instrumentos de golpeo. Látigos, paletas, floggers.

De una pequeña cómoda saqué pinzas para pezones, para que gritara un poco más fuerte para mí con cada golpe.

Qué vista. Me tomó un momento recordar mi plan original, en lugar de follarla dura y profundamente de inmediato hasta que ambos perdiéramos la cabeza.

Mi primer golpe tomó a Faye por sorpresa: esos eran los gritos más hermosos. Me paré lo suficientemente de lado para poder ver cómo las pinzas en sus sensibles capullos se balanceaban.

El siguiente golpe alcanzó a Faye justo debajo de la marca roja del primer golpe. Me encantaba la vista cuando mi dominación dejaba huellas, y los gemidos de Faye me motivaban a continuar.

El viento aullaba cada vez más amenazador a través del establo. No faltaba mucho para que la tormenta nos alcanzara.

Una y otra vez el cinturón golpeaba su piel desnuda, mientras entre sus muslos se volvía cada vez más húmedo.

En realidad, Faye merecía otra lección, pero *a la mierda*, simplemente no podía contenerme más. Después de que su trasero brillara de rojo, tiré el cinturón a un lado, abrí mis pantalones y froté mi dureza contra su entrada.

Estaba más que lista para mí y me ofreció su trasero para que finalmente pudiera penetrarla.

Me hundí en ella hasta el fondo y solté un suave jadeo. La sensación era increíble cada vez. Su estrechez se apretaba firmemente alrededor de mi miembro cuando me retiraba, solo para volver a empujar hasta el fondo inmediatamente después.

—Oh, Dios —gimió Faye.

Cada una de mis embestidas la hacía jadear, porque mis caderas presionaban contra sus marcas, y las pinzas en los pezones estimulaban adicionalmente sus capullos. Podía ver que estaba a punto de correrse.

—¡Todavía no! —Mi orden fue clara, por lo que obedeció, aunque su estrechez se apretara cada vez más alrededor de mi miembro.

Faye se veía simplemente hermosa cuando la llevaba a sus límites... y un poco más allá.

—Aún no te corras —susurré una vez más antes de empujar aún más fuerte.

Faye tenía que aguantar un poco más, porque quería mirarla a los ojos cuando el orgasmo la arrollara. Por eso me retiré de ella, agarré la cuerda que colgaba sobre una viga transversal y la até alrededor de sus ataduras.

Con un tirón firme, obligué a Faye a adoptar una postura erguida, hasta que solo estuviera de puntillas. Así era exactamente como la quería.

La agarré por los muslos, que ella envolvió alrededor de mis piernas para que pudiera follarla de nuevo. Luego le quité la venda de los ojos, y ella parpadeó un par de veces hasta que se acostumbró a la luz tenue del establo.

Un profundo retumbar de truenos nos sacudió a ambos hasta la médula, pero no nos impidió seguir follando con el alma. Al contrario, la tormenta afuera solo reflejaba cómo se veía en nuestro interior.

—¡Oh, Caleb!

Me encantaba cuando gemía mi nombre, llena de lujuria y deseo por más. Cumplí con gusto esa petición. Embestí tan fuerte como pude, hasta que sentí que yo mismo iba a explotar.

—¡Córrete para mí!

Faye no necesitó que se lo dijera dos veces. Se aferró a las cuerdas, me apretó aún más fuerte con sus piernas y se corrió. Qué sensación increíble cuando su centro se contraía a mi alrededor.

Algunos tenían alcohol, otros heroína. Yo era adicto a los orgasmos de Faye, sus gemidos y el brillo en sus ojos cuando le decía que la amaba.

—Te amo, Faye.

—Y yo te amo, Caleb.

Para siempre.

Agradecimientos

Mil gracias a mis diligentes lectores de prueba, a mis queridas colegas y a mi esposo, sin el cual no existirían mis novelas. Y mil gracias a ti por haber leído este libro. Estoy abierta a tus críticas y elogios, pues soy una persona real con sentimientos reales. Puedes escribirme en cualquier momento a lana@lana-stone.de.

En este libro no hay anticonceptivos, ¿por qué? No transcurre en el mundo real, sino en el Lanaverso, donde no solo todos los millonarios tienen abdominales marcados y son buenos en la cama, sino que también no existen las enfermedades de transmisión sexual ni los embarazos no deseados. Es un mundo de ensueño donde uno puede simplemente dejarse llevar y olvidar la realidad.

Si quieres recibir una novela gratuita y ser avisado cuando se publique mi próximo libro, visita: https://lana-stone.com . Allí puedes suscribirte a mi boletín, como ya lo han hecho más de 9000 fans antes que tú.

Printed in Great Britain
by Amazon